Original en couleur

NF Z 43-120-B

RICHARD LESCLIDE

La Diligence de Lyon

E. DENTU, ÉDITEUR

Paris. Typ. Ch. Unsiger, 83, rue du Bac.

OUVRAGES DU MÊME AUTEUR :

PARIS A L'EAU FORTE (av. divers collaborateurs, 11 vol., épuisé).
VOYAGE AUTOUR DE MA MAITRESSE (Épuisé).
PROPOS DE TABLE DE VICTOR HUGO.
JOUMIAC SAINT-MÉAR.
LA FEMME IMPOSSIBLE.
LE PROCÈS DE MARIE-ANTOINETTE.
LA DIVINE AVENTURE.
LE DERNIER SCAPIN.
LES SONGES DROLATIQUES DE PANTAGRUEL.
CONTES BLEUS ET ROSES.
LA MILLE ET DEUXIÈME NUIT.
LES CONTES D'HAMILTON, 4 vol. (av. Hamilton).
LE NOUVEAU DÉCAMÉRON (av. div. collaborateurs).
LE CALENDRIER RÉPUBLICAIN.
LA PETITE PANTOUFLE (av. Jean de Champeaux).

EN PRÉPARATION

(Théâtre)

BUG-JARGAL, d'après V. Hugo (av. P. Éléazar).
LA FEMME SAUVAGE (av. Monselet).
LES TROIS GENDARMES (av. Monselet).

La

Diligence de Lyon

www.ingramcontent.com/pod-product-compliance
Lightning Source LLC
Chambersburg PA
CBHW051832020726
47502CB00005B/1739

IL A ÉTÉ TIRÉ

DE CET OUVRAGE :

10 Exemplaires sur papier de Chine ;

10 Exemplaires sur papier impérial du Japon;

10 Exemplaires sur papier de Hollande.

RICHARD LESCLIDE

La Diligence de Lyon

Illustrations de FERNAND BESNIER

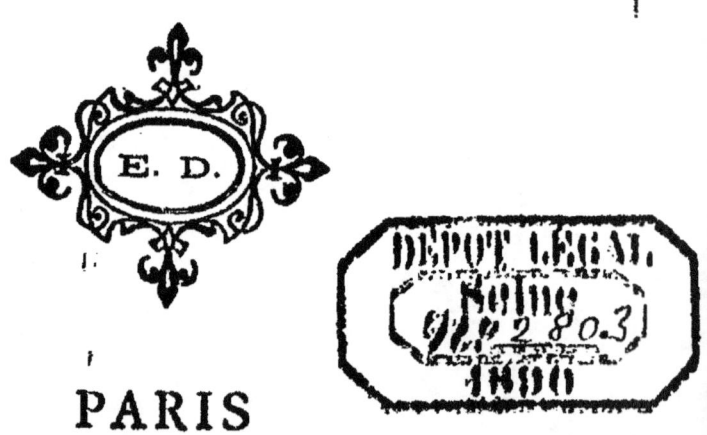

E. D.

PARIS

E. DENTU, ÉDITEUR,

LIBRAIRE DE LA SOCIÉTÉ DES GENS DE LETTRES

3, PLACE DE VALOIS, PALAIS-ROYAL

1890

La
Diligence de Lyon

Il y a trente ans — pas
davantage — un des quartiers
les plus sales, les plus ignobles,
les plus tortueux de Paris, s'étalait,

comme une plaie gangréneuse, en pleine place du Carrousel, en face du Palais des Tuileries.

On vivait alors sous le règne bourgeois et paternel de Louis-Philippe. La place du Carrousel elle-même n'était qu'une steppe boueuse et sombre, au centre de laquelle s'élevait un réverbère isolé dont les maigres rayons étaient, la nuit, dévorés par une ombre sinistre. Du côté du Louvre et du Palais-Royal, depuis le quai de la Seine jusqu'au Théâtre-Français, grouillait tout un amas d'échoppes sordides. C'étaient des masures croulantes, plantées à la diable, sans alignement, sans méthode, et laissant entre elles d'étroites ruelles où les ordures s'entassaient. Ce labyrinthe se tordait en circuits revenant sur eux-mêmes; bref, ce coin de Paris semblait s'être pétrifié depuis deux cents ans dans une boue conservatrice.

Le soir, des chandelles ou des quinquets s'allumaient derrière les vitres à taies de ces échoppes, qui affirmaient alors leur spécialité de

cabarets, de tripots ou de maisons galantes.

Les filles y pullulaient, mais quelles
filles ! On ne pouvait pas leur reprocher
de « faire le trottoir, » car il n'existait
pas de trottoirs dans ce dédale, moins
bien partagé que la Cité. Au Carrousel,
les « femmes » faisaient le ruisseau. Et
si l'on s'étonne de l'état dans lequel la
voirie laissait ce point de Paris, j'ex-
plique qu'il n'était pas classé, qu'il ne
vivait que par grâce, que depuis cin-
quante ans, il devait disparaître « l'année
suivante, » et qu'on le traitait comme s'il
eût déjà disparu.

Il fallait avoir le diable au corps ——
comme nous, —— pour se hasarder, à
certaines heures, dans cette Cour des
Miracles, où, si l'on ne courait plus le
risque d'être pendu, on récoltait des

querelles, des horions, ou des caresses plus redoutables encore. Voilà pourquoi c'était amusant d'y aller.

Lord Algerton, — qui était très connu dans ce temps-là, et qui avait succédé à lord Seymour dans la faveur du peuple parisien, — lord Algerton s'y promenait un soir, désœuvré, repu, et fort ennuyé de sa personne. Il s'était soûlé comme un porc, avait plongé dans les plus honteuses débauches, et rassasié, dégoûté, en horreur à lui-même, il aspirait au lendemain. Cette idée extraordinaire lui était venue de rentrer chez lui. Mais il n'y avait pas de voitures au Carrousel, et le lord, ivre, cherchait la place du Théâtre-Français sans y pouvoir arriver. Il tournait sur lui-même, revenait sur ses pas avec la lucidité d'un ivrogne, sachant très bien qu'il s'égarait dans un cercle, mais incapable de l'effort d'esprit nécessaire pour trouver la tangente. Il était tombé plusieurs fois par terre et s'était laborieusement relevé. Gentilhomme, d'ailleurs.

Comme il défonçait les murs à inter-

valles réguliers, ces bons murs qui lui
prêtaient appui, alors qu'ils avaient tant
de peine à se soutenir eux-mêmes, il vit
venir à lui une espèce de larve qui suivait également la muraille, si bien qu'ils ne
pouvaient manquer de se rencontrer. En
effet, un moment après, ils se trouvèrent
en contact, en face d'une vitre de taverne
qui leur jetait de vagues lueurs. La créature entrevue était une femme; lord Algerton en jugea ainsi à certains indices
repoussants. Vêtue d'une toilette singulière et bizarre, l'inconnue paraissait
avoir une cinquantaine d'années; elle se
traînait avec effort; ses traits étaient
bouleversés; elle dit au milord :

— C'est pas tout ça, je crève de faim.

— Qu'est-ce que tu veux que j'y fasse ?

— Je ne suis pas une mendiante; je
souffre horriblement.

— Et après?

— Emmène-moi souper, fais-moi soigner. Tu le vois, je ne peux plus me tenir.

— Tu es soûle; fous-moi la paix!

— Je te jure que je suis une femme comme il faut. Emmène-moi.

— Jamais de la vie!

— Alors, prête-moi cinq francs.

— Je la connais. Houste!

La malheureuse essaya de se faire prêter vingt sous.

Ce qu'elle offrit, ce qu'elle promit pour cela ne peut se raconter ni se décrire; elle y engagea son salut, son corps et son âme.

Le lord lui répondit :

— Tu m'embêtes!

Ce n'était pas que l'Anglais fût avare. Au contraire, il s'était ruiné je ne sais

— Je te jure que je suis une femme...

combien de fois; il mangeait son qua-
trième héritage.

Mais cette femme l'agaçait et lui dé-
plaisait; il s'était buté à ne rien lui donner; son état d'ébriété augmentait son
obstination. Il cherchait à passer outre;
l'inconnue l'en empêchait; elle l'entravait.

— Tu ne peux pas me refuser, disait-
elle, je meurs. Tu as de l'argent dans ta
poche, j'en suis sûre, je l'entends. Si tu
ne m'écoutes pas, c'est que tu veux me
tuer. Je vais aller crever là, derrière toi,
sur ce tas d'ordures!

— Crève! dit le lord, ça m'est bien
égal.

Il repoussa la pauvresse si rudement
qu'elle tomba sur ses genoux. Mais elle
s'accrocha aux vêtements du lord d'une
façon désespérée.

— Ne t'en va pas! criait-elle, le hoquet me prend, le froid me gagne, je
me sens mourir! Je souffre trop!... Alors,
c'est infâme, vois-tu. Tu refuses vingt

sous à une femme,
toi, un lord! Ah!
je sais bien pour-
quoi! Je te recon-
nais, misérable! Tu
es lord Algerton.
On t'a tout dit. Tu
m'as suivie. Et à
présent, tu me tiens
là, sous tes pieds,
à ta merci! Il faut
que je marche,
n'est-ce pas? Eh
bien! soit!

— Elle devient folle, dit le lord qui
faisait des efforts pour se dégager.

— Je te dis que je con-
sens, misérable! Je consens, là, est-ce
convenu? Tu me donneras cent francs,
et... et je te ferai LA DILIGENCE DE LYON!

— Ah ça! dit Algerton, as-tu fini tes

giries? Veux-tu me laisser passer, oui ou non?

— Tu ne m'as donc pas entendu? La diligence de Lyon! j'ai dit : La diligence de Lyon! La diligence de Lyon!

— Va te faire f...!

— Pour cent francs! Pour cent francs!

— Au diable!

— Tu ne comprends donc pas?

— Sacrée vermine! fit le lord poussé à bout, en envoyant à la malheureuse un coup de pied dans le ventre, me lâcheras-tu, à la fin?

— Ouf! fit la femme, en tombant à la renverse.

Lord Algerton se sauva.

Il rencontra un fiacre dans la rue Saint-Honoré et rentra chez lui.

Mais il ne put dormir de la nuit.

* *
* *

Je connaissais particulièrement le lord, pour m'être battu avec lui quelque temps auparavant.

Il avait voulu me faire con- venir que sa maîtresse, Léo- nore, de l'O- péra, était plus belle que ma maîtresse, à moi.

Chose stu- pide et déraisonnable, puisqu'il ne con- naissait rien de mes affaires ni de mes relations. Ma maîtresse, d'ailleurs, était la même Léonore.

Aussi ne fus-je pas trop étonné, quand le lendemain de sa promenade au Carrousel, je reçus la visite d'Algerton. Il s'excusa de me réveiller si tôt, prétexta une insomnie, et me demanda une soupe aux harengs à la mode hollandaise, pour se dégriser.

J'eus d'abord envie de l'envoyer paître; je me retins.

Il circulait dans ma chambre, qu'il arpentait à grands pas; il ouvrait et fermait la fenêtre; il avait l'air d'une âme en peine.

Il détraqua la pendule, soi-disant pour arranger la sonnerie.

Il tira les oreilles de mon chat qui le griffa violemment.

Ennuyé de son triquetraque, je me

levai pendant qu'il mangeait sa soupe au poisson.

Il s'avisa tout à coup de me dire, d'un air indifférent, qu'il était très attaché à Léonore, à cause de sa « diligence de Lyon. »

Si quelqu'un connaissait Léonore, c'était moi. Je répondis vaguement : — Ah! c'est tout naturel...

— Vous savez sans doute de quoi il s'agit ? reprit-il.

— Parbleu !

Un assez long silence s'ensuivit.

— J'ai ouï-dire, reprit le lord, que la diligence de Lyon variait quelquefois dans l'application et dans les principes. Rien n'est plus intéressant à étudier que ces nuances-là. Vous me feriez plaisir, — vraiment, — en me disant comment vous l'entendez.

— Mon Dieu ! mon cher lord, cela s'entend tout seul. La diligence de Lyon, c'est la diligence de Lyon. Je vous avoue d'ailleurs qu'il y a si longtemps que je m'en suis occupé que je la confonds peut-être avec autre chose.

— Convenez, me dit le lord un peu ému, que vous n'avez point d'idée exacte de ce que c'est...

— Croyez-vous ? lui demandai-je, et l'affirmeriez-vous ?

— N'y mettez pas d'amour-propre, dit-il. Tenez, je vais tout vous raconter.

Lord Algerton me dit alors son aventure de la veille jusque dans ses moindres détails. Il y avait un point auquel il ne pouvait s'accorder.

— Comprenez-vous, disait-il, cette coquine qui, pour vingt sous, offre de décrocher ciel et terre, et qui, tout à coup, à propos de rien, parle de cent francs, comme si l'on n'avait qu'à se baisser pour les prendre ! Et elle semblait me faire une grâce, remarquez-le bien.

Je me souviens de sa mine ahurie, quand elle a vu que je ne me précipitais pas sur sa diligence de Lyon. C'est alors que je lui ai flanqué le coup de pied que vous savez.

— Je vous en blâme.

— Oui, cela manque totalement de chevalerie; j'étais ivre. Et puis la femme était affreuse. Elle sentait mauvais.

— Ce n'est pas une raison.

— Et puis, cette demande de cent francs! Ce chiffre me trouble, mon cher ami. Vous qui avez la plus grande érudition galante que je connaisse, vous qui avez fouillé les coins les plus scandaleux des bibliothèques, vous qui en remontreriez à Nodier, ce bénédictin des chartres amoureuses, est-il possible que vous ne puissiez rien m'apprendre à ce sujet?

— Rien, mon cher lord. Vous avez

vu tout à l'heure que j'avais honte de
mon ignorance. Avec la meilleure volonté du monde, je ne trouve rien. Rien
qui puisse avoir une analogie avec ce
nom bizarre dans la Grèce, dans le Bas-
Empire, dans la Bible ; rien dans l'Histoire des Voyages, rien dans les théo-
logies. Mais j'en aurai le cœur net.

— Comment cela ?

— Tout simplement. Votre fille d'hier
n'est pas introuvable sans doute, et nous
saurons ce soir tout le mystère.

— Ce soir ! Pourquoi ce soir seulement ?

— Si vous retrouvez auparavant la
fille, je le veux bien, mais c'est douteux.
Les oiseaux de nuit fuient la clarté du
soleil. Je doute que vous la dénichiez
dans la journée.

— On peut toujours essayer.

— Bonne chance !

Le lord me quitta. Le soir, nous nous retrouvâmes dans un café borgne de la place du Carrousel. Je le trouvai plus mélancolique que le matin. Nous courûmes les tavernes, les bals, les réunions du quartier, les cafés borgnes, tous les endroits où nous avions quelque espoir d'avoir des nouvelles de la drôlesse que nous cherchions. Lord Algerton prétendait qu'il la reconnaîtrait à première vue. J'en doute, car il n'était pas de sang-froid quand elle l'avait abordé. Nous nous adressâmes aux postes de police ; mais le signalement que

nous pouvions donner se réduisait à
l'âge probable de la femme, à son état
de faiblesse, à son costume et au coup
de pied qu'elle avait reçu. Aucun agent
n'avait relevé de femme blessée. La vic-
time de la brutalité du lord avait dû
se sortir d'affaire seule ou être secourue
par quelque passant.

*
* *

Huit jours se passèrent en courses in-
fructueuses. J'avais fini par m'intéresser
à cette affaire, à un point de vue scien-
tifique. Lord Algerton, plus ardent,
était livré corps et âme à une obsession
tous les jours plus puissante. La lémure
du Carrousel s'était revêtue pour lui
d'un charme occulte et redoutable ; il

répétait ses moindres paroles, affirmait

qu'elle avait un geste fier, des inflexions altières dans la voix ; l'absence la lui transfigurait. Il se reprochait, de la façon la plus amère, son obstination et sa cruauté stupide.

C'est avec une persévérance rare que nous avions colporté, dans les milieux les moins avouables, dans les sociétés les plus ignobles, l'histoire du lord et ce nom bizarre de « diligence de Lyon, » dont une misérable créature l'avait frappé, comme d'une flèche de Parthe. On riait, on haussait les épaules ; la plupart concluaient à une plaisanterie ou à une mystification. Ce n'était pas mon idée. Le mot avait été dit dans un tel concours de circonstances, qu'on pouvait le prendre au sérieux. Nous nous résignâmes aux moqueries que nous ne pouvions éviter, et le lord dut tolérer une farce médiocre que lui joua Mlle Suzanne Lag... des Variétés. Cette cocotte de tant de

gaieté lui promit de lui dire *recta* ce que
c'était que la diligence de Lyon, en
échange d'un bracelet de
rubis dont elle avait envie.
Quand elle eut le bracelet
à son bras superbe, elle
dit au lord ahuri :

— Méfie-toi, c'est du
bœuf à la mode.

Cette drôlerie, d'un goût
contestable, rendit l'An-
glais méfiant, mais ne le découragea pas.
Il avait trop dans la mémoire le regard
creux de l'affamée, son regard de flamme,
et l'accent avec lequel elle lui avait lancé sa
terrible proposition, pour se laisser dépis-
ter. Nous crûmes bien faire en allant rendre
visite à M. Vidocq, qui venait à cette
époque de quitter la Préfecture et faisait
de la police pour le compte des particu-

liers. Il nous mit en rapport avec un vieil agent, mouchard de qualité, qui nous parut être un homme fort distingué. Son avis fut que nous avions tort de nous obstiner à courir après une fille banale, et que nous aurions bien plus de chances d'arriver à la découverte de la vérité, en allant la chercher directement, au fond de son puits. Il nous conduisit poliment dans quelques maisons respectables — par leur ancienneté — où nous avions toutes sortes de probabilités d'apprendre ce que nous voulions savoir.

Nous fûmes, en général, bien traités dans ces Académies, qui nous accablèrent de politesses, — côtées fort cher. Je me souviens que notre première visite fut pour une aimable femme, qui avait l'air d'une duchesse de l'Empire, et qui l'était peut-être. Élevée à Saint-Denis, des revers de fortune l'avaient déclassée. Elle passait pour avoir un esprit encyclopédique, et véritablement nous gagnâmes beaucoup à sa conversation.

— Je vous avoue, dit-elle, qu'il m'en coûte de me trouver en défaut, en face de gens bien élevés. J'ai non seulement dans mon « armoire de fer » tous les auteurs qui ont traité de la matière et qu'on a imprimés, mais une foule de manuscrits dus aux plumes les plus célèbres. Je ne pense pas qu'ailleurs que hors de chez moi on ait jamais entendu parler du « Général Fayol » et de la « Fanfare du duc d'Aoste. »

J'interrompis la dame, ne voulant pas laisser passer cette assertion hardie. Elle s'en faisait accroire. Je développai, sur l'origine de la Fanfare, à laquelle la reine

Christine fut si étrangement mêlée, des considérations ingénieuses. La bonne hôtesse, charmée d'avoir à qui parler, prit un air discret, et voulut me montrer que je lui avais inspiré une réelle sympathie. Elle me donna l'adresse d'une bonne vieille, dont le nom avait été autrefois célèbre. On l'appelait Madame Malaga, et on la trouvait toute la nuit dans un tapis franc de la Cité, où elle disait la bonne aventure.

Mme Malaga nous accueillit avec grâce ; Charles Monselet se joignit à nous dans cette expédition. Comme je faisais compliment à la vieille Malaga de ses succès de danseuse dans la troupe de Nicolet, une larme brilla dans ses yeux.

— Vous parlez de ma fille, Monsieur.

— Quel âge avez-vous donc, madame ?

— Cent ans.

— Nous ferez-vous l'honneur de sou-

per avec nous?

— Sans doute. Un bienfait ne se
refuse jamais.

Nous fîmes asseoir la vieille saltim-
banque sur un banc de bois, du côté de
la muraille, et prîmes place en face
d'elle. Elle était gaie et se portait bien.
Une série de jeunes personnes empana-
chées se relevaient l'une l'autre, et se pro-
menaient au devant de la maison comme
pour la garder. Elles n'avaient pas l'air
méchant, mais un peu ahuri. Discrètes
pourtant. En passant devant notre table,
elles demandaient seulement la permission de finir nos verres. Et l'aïeule, doucement indulgente, leur disait : — Faites,
mes enfants.

Elle ajoutait : — Ce sont mes filles!

Les habitués du café nous regardaient
d'un œil d'envie et d'admiration. Nous
avions fait venir les vins les plus fins, les

liqueurs les plus rares. L'eau-de-vie coûtait un sou le verre, le cognac deux sous ; nous prenions de la fine champagne à quinze centimes. Les curieuses venaient timidement y tremper le doigt. — Vous avez donc beaucoup d'argent ? nous disait Malaga : je vous préviens que ça vous coûtera trois francs au moins.

Il y eut du cassis. La vieille dodelinait de la tête en fredonnant des choses salées. Elle était « dans le monde » depuis l'âge de douze ans!... Lord Algerton en profita pour lui demander adroitement, si dans le cours de sa vie galante, elle n'avait jamais entendu parler d'une certaine Diligence de Lyon qui... que... enfin, il précisa le mot. Mᵐᵉ Malaga le lui fit répéter deux fois.

— Ah! ah!... dit-elle, j'avais bien entendu...La diligence de Lyon! Il faut la di-

ligence de Lyon à ces messieurs... Je vous
serai obligée de me laisser passer, je vous
prie... Ne me retenez pas... Ce n'est

pas que je sache rien de cela, je vous
prie de le croire... Mais j'ai une petite
affaire à terminer à côté... Vous voudrez

bien m'excuser. Sans adieu ! La diligence !
Mazette ! Et la vieille partit, trottant
comme un vieux rat, sans qu'il fût possible de la rattraper.

On ne sait pas à quel degré d'intensité peut arriver un désir qui se heurte à
de continuelles déceptions. La chose
tourna chez le lord à l'idée fixe; il en
maigrissait visiblement. Sur ces entre-
faites, nous reçumes la visite d'un des
gens de Vidocq, dont l'œil en coulisse
semblait annoncer qu'il apportait un avis
important. Il débuta par se faire payer
grassement, et finit par nous donner un
renseignement utile.

Il paraît que la ville de Berne, en
dehors de son honorable population
bourgeoise, est connue comme le *Bateau
de Fleurs* le plus accrédité, je ne dirai pas
de la Suisse, mais de l'Europe.

Cette ville que patronnent des ours,

est peuplée de colombes, et réunit les
éléments de galanterie les plus disparates
et les plus complets. Elle ne renferme

pas seulement des
maisons de plai-
sance, oasis où s'a-
brite le voyageur
fatigué des hauteurs
alpines, mais de
véritables musées
ethnographiques
vivants; le monde
entier y est repré-
senté par toutes ses
nationalités, ses
costumes, ses cou-
tumes, usages, erreurs, fantaisies, bi-
zarreries, manies, curiosités et traditions galantes. La science des siècles
passés s'y transmet d'âge en âge, et l'on

n'a jamais entendu dire que les mainteneuses de la science de l'amour aient été en défaut au pays de Guillaume Tell. Leur réputation valait du reste la peine d'être éprouvée, et moitié pour distraire Algerton, moitié entraînés par une espérance, nous partîmes pour l'Helvétie.

— A défaut du *Ranz des vaches*, me dit milord avec un pénible sourire, nous y verrons au moins des vaches en rang.

J'aime à croire qu'aucune épigramme ne se mêlait à ces paroles.

*
* *

Quand l'Académie de Berne — je parle de la principale — apprit que des voyageurs de distinction avaient franchi la frontière pour recourir à ses lumières, il y eut comme un frémissement d'orgueil et de curiosité parmi ses membres les plus illustres et les plus célèbres. L'hospitalité suisse sembla vouloir faire oublier les traditions de l'hospitalité écossaise.

La fête qui nous fut donnée à l'Ours GALANT fut l'objet de conciliabules intimes entre lord Algerton et la présidente de la Compagnie. On ne me mit pas dans le secret, mais je devinai qu'on ferait bien les choses. En effet, le banquet international dépassa toutes les prévisions par sa magnificence et son originalité. Nous ne saurions décrire par le menu cette soirée vertigineuse, sans nous faire taxer d'exagération.

Les quatre parties du monde semblaient avoir député à Berne leurs plus ravissantes filles. C'étaient des Indiennes

L'hospitalité suisse...

cuivrées, polies comme des bronzes an-
tiques; des femmes jaunes de Visapour,
d'une teinte si éclatante qu'on s'oublie à
manger des oranges après elles; des Ma-
laises à la gorge pointue; des femmes
rouges de la Terre de Feu, où le croise-
ment anglais-cafre a créé une nuance
humaine pareille au fer rouge refroidis-
sant; des filles de la Polynésie, vêtues
de feuillages et de fleurs, qui semblent
échappées au Paradis terrestre et courir
après le serpent; des poupées violettes
du Sud Japonais; des Groënlandaises si
nacrées qu'elles en deviennent bleues;
des Chinoises de l'île Tchin, dont la
peau diaphane s'irise sous la lumière
comme l'enveloppe des bulles de savon;
des Africaines noires comme l'ébène,
aux seins flottants, aux lèvres humides,
répandant cette odeur de catinga, telle-

ment redoutable que l'homme qui s'en
est enivré ne peut plus s'en passer;
toutes les nuances produites par le mariage du noir et du blanc; les soixante-
quatre gradations de couleur décrites
par l'auteur de *Bug Jargal*, échelle de
teintes vivantes, gamme de formes gracieuses, où toutes les races, tous les
croisements étaient représentés par leurs
plus parfaits modèles; des géantes pata-
gones qui vous regardent en baissant
des yeux hors de portée, d'adorables
naines chinoises, élevées dans des pots
de porcelaine, boules souriantes qu'on
ne sait par où saisir; des bergères des
montagnes Bleues, tatouées des pieds à
la tête avec une telle palette qu'on s'é-
blouit à les voir et qu'on se perd dans
le labyrinthe dont elles sont habillées;
— et tout cela, je le déclare, tout cela

Jamais je n'ai rien vu de pareil...

n'était rien; tout s'effaçait, tout dispa-
raissait, quand un groupe d'Européennes
traversait les salons, comme une théorie
de jeunes déesses...

Jamais je n'ai rien vu de pareil! La
Suède et la Norvège avaient envoyé, à
la fête, des créatures souples et mélan-
coliques, qui passaient comme un rayon
de lune; les Espagnoles, fièrement cam-
brées, lançaient des éclairs à travers les
branches de leur éventail: les Russes,
couvertes de fourrures, avaient des mi-
nes de chattes effarées; les Polonaises
faisaient résonner leurs talons de métal;
les Autrichiennes ondulaient comme un
blé caressant; les Allemandes répétaient:
« Ne m'oubliez pas! » à l'oreille de tout
le monde; les Italiennes au teint mat,
aux yeux extravagants, portaient des
poignards à leur jarretière, et ne crai-

gnaient pas de le montrer ; des Anglaises
rêveuses, pétries de neige, demandaient

à flirter de fond en comble, résignées
aux corrections charmantes de l'éduca-

tion biblique; mais pourquoi le cache-
rais-je? Au moment où je perdais la
tête dans l'enivrement de l'élément fé-
minin qui nous couvait de ses parfums
et de ses ivresses, je sentis mon cœur
battre et s'éveiller : une jeune fille, la
plus séduisante de toutes, s'était accro-
chée à mon bras comme le lierre à l'or-
meau : — Je suis des Batignolles, disait-
elle, veux-tu m'aimer?

*
* *

Nous fûmes reçus à l'Ours galant
par une députation de treize Suissesses,
d'une beauté plantureuse et d'une grâce
toute montagnarde. Elles se présen-
tèrent, au son du corps des Alpes, en
costume national, pavoisé de rubans,

ailé de gazes voltigeantes. Leur jambe
était bien prise; elles nous offrirent le
vin d'honneur. Nous portâmes un toast
à l'antique Helvétie.

Elles nous firent raison en buvant
dans leurs bottines, façon exquise de
nous rappeler que notre vieux Bassom-
pierre avait bu dans sa botte à la santé
des treize cantons.

Mon Anglais se francisa suffisamment
pour remercier ces dames et pour demander la permission de les rechausser.

Ce ne fut qu'après plusieurs heures de
causeries et de promenades qu'on prit
place autour d'une table où lord Algerton et moi dûmes accepter les places
d'honneur. On n'y avait admis que très
peu de convives de notre sexe : ils disparaissaient au milieu des femmes multi-
colores, comme des cloportes dans un

Nous fûmes reçus à l'OURS GALANT...

massif de fleurs. Le couvert était somp-
tueux. Il faut dire que l'Académie, pour
donner à cette solennité un caractère
vraiment spécial, avait invité tout ce
que l'Europe compte d'illustre dans le
Livre d'Or de la galanterie. La présidente de l'Académie, fort belle dame
de quarante ans (que je ne compare
pourtant pas aux matrones romaines),
était placée en face de nous; elle me
parut fort préoccupée. On servit.

Ce qui passa, ce qui se dissipa, ce
qui se fondit, ce qui s'engloutit sur cette
table des Danaïdes, est impossible à dé-
tailler, car je ne veux pas allonger cette
histoire jusqu'à demain. Ces anges cos-
mopolites avaient la voracité des harpies
et buvaient comme des trous. Le premier service disparut comme un éclair;
le second comme un grondement d'o-

rage; le troisième rompit la glace, et
l'on commença à briser celles de l'éta-

blissement. Le dessert s'annonçait comme
une tempête; je ne sais quelles flammes

circulaient dans l'air ; nous haletions
dans une atmosphère surchauffée par
mille odeurs capiteuses, produites par
les fruits mûrs qu'on écrasait, par les
liqueurs qu'on répandait, et plus encore
par les divines créatures qui s'étiraient
languissamment, et qui laissaient rayon-
ner les agacements de leur solitude.
C'étaient des miroitements d'épaules sa-
tinées et parfumées, des envolées de
cheveux épars, des croisements de re-
gards de flamme, et, en même temps,
une clameur immense de notes argen-
tines, vibrantes, languissantes, impé-
rieuses, de cris aigus. On se hêlait, on
s'appelait, on perdait le sens, quand je
me souvins, tout à coup, que nous
avions une mission à remplir.

Quelques mots, que je sifflai à l'oreille
du lord, le réveillèrent de l'enchante-

ment dans lequel il était plongé. Il rassembla ses esprits, se leva chancelant, et, étendant la main comme le vieux Neptune au-dessus des flots, il but aux femmes! On l'écouta. Après un toast à Vénus Aphrodite, notre mère et notre amante, il déclara qu'il saluait cette noble Académie Bernoise, reine entre toutes, sacrée en toutes, utile et agréable entre toutes, et que l'aze foute ceux qui n'en sont pas d'accord! Il se dépeignit semblable à César et à Alexandre, venant consulter l'oracle infaillible de Delphes, et demander à la Pythie le mot de l'énigme, le secret de l'arcane, la vérité sur cette mystérieuse « Diligence de Lyon » qui était devenue l'intérêt et le cauchemar de sa vie.

Le tumulte était si violent que les paroles de l'Anglais passèrent d'abord inaperçues. Peut-être couvrait-on sa voix par des hurrahs, qui firent explosion au moment où il prononçait un nom dangereux. Cette idée étrange me traversa l'esprit, en voyant la présidente qui, certainement, elle, avait entendu, essayer de faire diversion et de changer la conversation d'une manière adroite.

Mais quand le lord avait quelque chose dans la tête, il ne l'avait pas au talon. Il brisa son verre pour attirer l'attention et interpella directement l'hôtesse. Celle-ci le regarda d'un œil assombri, et avec un hoquet vulgaire, répondit :

— Tu m'embêtes ! Rions, amusons-nous, mais que ça n'aille pas plus loin. J'ai bien voulu t'offrir un banquet, parce que tu le paies, et que tu es un homme chic. Mais il ne faut pas chercher midi à quatorze heures. On m'a déjà dit que tu étais toqué; je te plains. Va chercher ta diligence où tu voudras et — lâche-nous d'un cran! J'ai dit, c'est entendu; milord, à votre santé!

Cette sortie inusitée fut écoutée avec angoisse; cela jurait tellement avec les hommages dont nous avions été l'objet, que je m'en sentis déconcerté.

Un froid se répandit. Après nous avoir accueillis avec enthousiasme, on avait l'air de vouloir nous mettre à la porte.

Lord Algerton, dévorant sa colère, demanda l'explication de ce discours si peu attendu. Il fit remarquer qu'il s'était exprimé avec décence, et qu'il avait droit à une réponse loyale. Il menaça d'ailleurs de tout chavirer, si l'on éludait la question.

Il brisa un verre pour attirer l'attention...

— Ta question, dit la présidente, qui
avait toutes les familiarités de son sexe,
tu peux la mettre dans ta poche, et ton
mouchoir par dessus. J'ajoute que tu
as un fichu caractère...

Comment! on te reçoit dans un salon
plein de femmes aimables, et tu nous
entretiens des visions de ton cerveau
malade? Tu n'as donc pas regardé autour de toi? Le Grand-Turc serait venu
me faire visite, que je n'aurais pas pu
mieux l'accueillir.

Ouvre donc les yeux : vois les femmes qui t'entourent. Elles ont les yeux
pleins de flammes, les mains pleines de
caresses, la bouche pleine de baisers.
Tu as des chances pour en être aimé,
car elles sont ivres. Et au lieu de te
rouler à leurs pieds et de faire des
nœuds à leurs jarretières, tu nous fais des

contes à dormir debout! Ah! non, par exemple, il n'en faut pas! Zut, tu es trop anglais!

Ce dernier mot me blessa et je demandai la parole.

— Tu ne l'auras pas! me répondit la terrible femme, et tu vas te tenir tranquille, toi! J'interdis toute allusion aux bêtises de Milord.

Algerton bondit comme un tigre et sauta de son fauteuil sur la table, ravageant les cristaux et la vaisselle. Je m'aperçus qu'il était hors de sens.

— Je suis venu ici pour la « diligence de Lyon! » s'écria-t-il, et je veux « la Diligence de Lyon! » Il est inutile de chercher à me faire prendre le change. On m'a dit : c'est mille guinées. J'ai répondu : c'est bien. Et j'ai payé. Maintenant, il me faut la diligence, ou je

mets le feu à la maison ! Que personne
ne sorte !

Évidemment cette allocution manquait

4

d'art. La perspective d'un incendie n'est pas faite pour retenir les gens, et la plupart de nos belles convives prirent la fuite en poussant des cris de terreur.

La curiosité, chez quelques-unes, l'emporta sur la frayeur. D'ailleurs, la présidente s'était simplement éloignée de la table et paraissait décidée à tenir tête à l'ennemi.

— A quoi tout cela sert-il? fit-elle en haussant les épaules; il y a une bonne raison pour qu'on ne vous montre pas votre diligence : c'est qu'elle n'existe pas.

J'avoue que je me sentis ébranlé par une déclaration si nettement formulée...

— A d'autres! fit le lord qui suivait son idée avec une persistance d'ivrogne; vous ne m'y tenez pas! J'ai soupé, hier,

avec Mme la baronne Wilhemine de Hor-
ter-Horstcim, qui mange des radis là-
bas, au bout de la table. Vous me l'aviez
recommandée vous-même comme une
personne hors ligne...

— Eh bien! fit la baronne mise en
cause, est-ce que vous regrettez quelque
chose, milord?

— Au contraire, répondit Algerton,
vous avez été fort agréable, c'est une
justice à vous rendre. Mais vous vous
êtes soûlée comme un vieux cocher, à
preuve que j'ai été obligé de vous mettre
au lit à coups de pied. Or, pendant que
je veillais sur votre sommeil avec sollici-
tude, qu'avez-vous dit? Fritz (c'est un
nom que vous inventiez), tu es un bon
cœur, tu es mon ange gardien ; demande-
moi ce que tu voudras, mais, pour la
diligence de Lyon, des nèfles !

— Je n'ai pas dit cela! cria Wilhemine.

— Tu l'as dit, pécore! fit le lord d'un
accent péremptoire. Même que je t'ai
tant et tant tourmentée que tu as fini
par me dire : Tout ce que tu voudras
demain, mais laisse-moi dormir!

— Eh bien! fit Wilhemine, blonde
comme les blés, qu'est-ce que cela
prouve? C'est comme quand un enfant
vous demande la lune. On lui répond :
Oui, mon minet, tu l'auras. Mais on ne
la lui donne pas.

— C'est un tort, baronne.

— Ah! si vous ne vouliez que la lune,
murmura-t-elle, ce n'est pas une affaire.

Mais la présidente imposa silence à
ces concetti, et, s'adressant à lord Algerton d'une voix incisive et froide :

— Milord, dit-elle, vous vous trouvez

ici dans une société calomniée, mais honnête. Je ne ferai point mon éloge, mais, sans que cela paraisse, je travaille peut-être, mieux que beaucoup d'assemblées délibérantes, à la cause, non pas de la fraternité, mais de la concorde universelle. Je ne dis pas cela pour me glorifier, mais pour réclamer mes droits de citoyenne libre, payant patente et tout ce qui s'ensuit. Un de ces droits, c'est d'être maîtresse chez moi. Si vous avez le courage de réclamer votre argent, je vous le rendrai. Dans tous les cas, la noce est finie.

— Je ne veux pas de mon argent, cria le lord, et je n'ai que faire de votre noce. Je veux la diligence ! Non ? Alors, malheur à vous ?

Et, avant qu'on pût l'en empêcher, il lança un candélabre allumé sur un rideau de dentelles qui se couvrit de

flammes. C'est à cela que l'Ours GALANT
dut son salut, car ces flammes rapides

n'eurent pas le temps de se communiquer aux lourdes tentures de velours qu'elles roussirent simplement. Au cri d'alarme : Au feu ! un sauve-qui-peut général bouleversa l'assemblée. Dix individus, sortant on ne sait d'où, et solidement musclés, se précipitèrent dans la salle du banquet, pendant que les femmes disparaissaient par toutes les issues. Pour ma part, je me sentis saisi, enlacé, enlevé et transporté dans une salle voisine où des mains vigoureuses me maintinrent immobile.

— Est-ce un guet-apens ? m'écriai-je.

— Non, me dit une douce voix, c'est un cas de simple défense. Soyez mon prisonnier sur parole, et personne ne vous touchera.

La voix qui me parlait ainsi appartenait à la jeune Française dont j'ai déjà

dit quelques mots, et qui avait affiché sa
nationalité d'une façon si provocante.

Je la regardai. Ah! si les Batignolles
sont peuplées de pareilles beautés, elles
n'ont rien à envier à la Grèce...

Ma jolie compatriote avait à peine dix-
huit ans, « une figure d'ange avec l'œil
d'un démon », et un petit bonnet habi-
tué à s'envoler sans doute.

Je me sentis rassuré par son air souriant, et j'étais tellement agacé de la
contrainte où l'on me tenait que je promis tout ce qu'elle voulut. Elle m'em-
mena aussitôt.

Mon premier soin fut de m'informer
du lord.

— Il ne lui arrivera rien, dit-elle, et
sa tentative d'incendie ne lui sera même
pas reprochée. Vous le retrouverez demain à votre hôtel. Mais dans ce mo-

ment il est dans un état d'exaltation qui ne permet pas de le laisser libre. Il sera traité en ami ; je vous le promets. Croyez-vous que je puisse mentir ?

— Non, dis-je, mais je voudrais voir mon ami.

— Impossible ; vous êtes mon prisonnier.

— Il n'y avait rien à répondre.

Mon aimable geôlière s'appelait Aglaé.

Nous rentrâmes dans la salle du banquet ; on desservait. Aglaé prit un bougeoir qu'elle alluma, passa son bras sous le mien et me dit :

— Par ici,

— Où me conduisez-vous ? dis-je.

— Chez moi. Il faut bien que je puisse veiller sur vous.

— Vous êtes une charmante enfant, dis-je, et je vous sais gré de m'avoir tiré des mains de ces escogriffes, qui sont sans doute les protecteurs de la maison...

— Affaire de nationalité, dit-elle; il faut bien qu'on se soutienne à l'étranger.

— Seulement, fis-je en montant l'escalier et en me chargeant du flambeau, car j'estime qu'il faut être prévenant pour toutes les femmes, seulement je suis un homme sérieux.

— Ah! tant mieux! dit-elle.

Et elle ajouta, après réflexion :

— Vous en êtes bien sûr?

— Très sûr, mon enfant. Je comprends que vous en doutiez, en me voyant courir le monde à la suite de lord Algerton. Cela vous a donné sans doute une triste opinion de moi.

— Non. Ce n'est pas cela, dit-elle; c'est que je ne croyais pas qu'il y eût d'homme sérieux; je suis bien aise que vous m'affirmiez le contraire. Entrez, c'est ici.

Elle me poussa dans une petite chambre assez gentiment meublée, mais qui n'a-

vait aucune ressemblance avec la man-
sarde de Rigolette. Beaucoup de parfu-
merie, de romans et d'ustensiles de
toilette; rien qui sentît le travail. Les
femmes ont des intuitions bizarres; elle
devina ce qui me passait par la tête et
répondit à ma pensée :

— Je ne sais rien faire, me dit-elle, rien
que d'être jolie; ça durera tant que ça
pourra. Tenez, vous serez très bien dans
ce fauteuil. Je vais me coucher, si ça ne
vous fait rien.

— Ne vous gênez pas, mon enfant.

Je ne pus m'empêcher de la regarder
pendant qu'elle s'occupait de sa toilette
de nuit; elle était vraiment très gra-
cieuse. Elle se déshabillait avec une
grande modestie, sans rien montrer,
mais en laissant deviner bien des choses.
Les jolies Parisiennes sont jolies comme

Psyché. Aglaé ne se pressait pas et me tenait sous le charme. Je lui racontai sommairement notre histoire : le caprice de lord Algerton, dégénéré en frénésie, ma complaisance à l'accompagner et l'intérêt que je prenais à son expédition. Elle s'intéressa fort à mon récit.

Comme elle dut s'absenter un instant, je repris un peu de sang-froid. Je soupçonnai la rusée fillette d'essayer de me troubler par ses petits manèges de coquetterie; je crus à un piège, et quand elle rentra, fraîche comme une rose, je lui demandai d'un ton bourru :

— Puis-je savoir combien de temps vous comptez me garder, mademoiselle?

— Mais, répondit-elle, c'est selon. Si vous vous ennuyez, pas longtemps. Il suffit que vous me promettiez de ne pas réclamer lord Algerton, et de partir sans faire de bruit... J'ai répondu de vous.

— C'est juste. Je vous promets tout cela.

— Alors vous n'avez qu'à sonner. On va vous reconduire.

— Vous êtes une aimable fille, dis-je en m'approchant de l'oreiller où reposait sa jolie tête; au moins, mettez-moi à rançon.

— Vous le voulez ?

— Je vous en prie.

— Eh bien! vous m'enverrez un bouquet demain, — un bouquet de fleurs d'oranger, puisque je suis en train de le gagner. Et des gants, quand vous rentrerez à Paris. Du six. On ne fait rien de supportable ici. Sonnez donc.

— Rien ne presse, si vous ne vous endormez pas. Il m'est venu tout à coup quelque chose à vous dire.

— Quoi?

— Si vous voulez que je parle, cachez

vos bras blancs et fermez votre corsage. Cela donne des distractions.

— Oui, fit-elle, les hommes sérieux sont comme ça.

— Enfin, dis-je à Aglaé, nous sommes Français tous deux, par conséquent amis ; vous me l'avez prouvé. Il fait nuit, nous voilà enfermés, personne ne peut nous entendre. Je suis discret et pas méchant ; vous n'en doutez pas, je l'espère. Eh bien ! que savez-vous, vous, Aglaé, de cette « diligence de Lyon » dont on fait tant d'histoires ? Entre femmes, souvent, on s'avoue des choses qu'on ne dirait pas à un homme. N'en avez-vous jamais entendu parler ?

— Si, dit-elle.

— Ah ! vous voyez bien !

— Mais je ne sais pas ce que c'est.

— M'en donnez-vous votre parole ?

— Oh! ma parole, je ne la donne
pas aussi facilement. Et puis, je ne suis
sûre de rien. On se fait quelquefois des
idées absurdes. J'ai les miennes ; mais je
ne veux pas les dire, parce que vous vous
moqueriez de moi.

— Ma chère Aglaé, je vous en prie.

— Vous voulez, dit-elle, en s'asseyant
sur son lit, que je conte des rêves de petite fille à un homme sérieux ?

— Eh bien ! m'é-
criai-je, je ne le suis
pas ! Je ne le suis
plus ! Je ne l'ai jamais
été ! Je vous en de-
mande pardon !

— Tout cela pour
« la diligence ! » dit-
elle.

— Oui, pour la

diligence; mais plus encore pour vos yeux, pour votre sourire, pour votre peignoir qui s'en va, pour ce doux accent railleur qui descendrait du ciel, s'il ne venait de Montmartre, pour vos lèvres roses, pour la patrie, pour la France que je retrouve auprès de vous...

— Vous n'êtes pas sérieux du tout, dit Aglaé, et j'aime autant que vous partiez. Vous croiriez ensuite que j'ai fait la savante pour vous faire rester. Je n'y tiens pas ! Oh ! mais, pas du tout. Je ne sais rien, rien que ce que je suppose... des niaiseries... parce que je suis un peu sentimentale. — Allez-vous-en, croyez-moi.

— Non, parlez !

— Comment voulez-vous que je parle, si vous m'embrassez tout le temps ?

Elle avait raison, je manquais de lo-
gique.

Je ne pensais plus assez à « la diligence. » Ce fut Aglaé qui m'en fit
souvenir — le
lendemain ma-
tin.

— Je ne vou-
drais pas, dit-
elle, que vous
m'accusiez de
vous avoir trom-
pé. J'aime en-
core mieux pas-
ser pour bébête.
La « diligence de
Lyon, » à mon
avis, c'est d'être
heureux. Je n'y vois pas d'autre malice.

Elle avait peut-être raison. Mais lord

Algerton n'était pas homme à se conten-

ter d'une pareille solution.

*
* *

Je trouvai mon Anglais à l'hôtel, en
assez mauvais état. Il sacrait et voulait
tout massacrer. Je le calmai en lui re-
présentant que cela ne l'avancerait à rien.
Il passait ses journées à ronger son frein.
Au reste, nous commencions à être mal
vus à Berne, et il était temps d'en partir.

L'esclandre que lord
Algerton avait faite à la fin du ban-

5.

quet de L'OURS GALANT avait été commentée et exagérée.

On parlait de nous appeler en justice pour cause de tapage nocturne et de tentative d'incendie. Notre hôtelier nous regardait d'un mauvais œil; les femmes qui nous croisaient dans la rue détournaient la tête avec affectation; les hommes feignaient de ne pas nous voir; les ours nationaux, que la ville entretient à grand frais dans une fosse armoriée, s'asseyaient sur leur derrière et nous montraient le poing. Une seule affection nous resta fidèle; celle d'Aglaé dont nous payâmes les dettes, et qui nous en sut gré.

Nous rentrâmes en France à grandes guides, dans de fâcheuses dispositions d'esprit. Mon premier soin, en arrivant à Paris, fut de lâcher lord Algerton qui

Nous rentrâmes en France à grandes guides...

devenait assommant. Il était en proie à cette étrange maladie, appelée monomanie, dont les phénomènes sont à peu près inexpliqués. Je le perdis de vue deux mois environ, et ne retournai chez lui qu'en recevant un billet affectueux dans lequel il m'annonçait son départ.

Je le trouvai ravagé jusqu'à la moelle des os par son idée fixe, l'œil cave, le regard éteint, assombri, nerveux, déraisonnable. Il me reprocha de l'avoir abandonné, et en de tels termes que je crus d'abord qu'il m'avait fait venir pour me chercher querelle. De la colère il passa à l'attendrissement et me fit mille excuses. Il m'entretint d'une foule de billevesées et je lui crus le cerveau

dérangé. Il achetait de petites diligences
chez les marchands de jouets d'enfants
et les détraquait pour voir ce qu'il y avait
dedans.

L'Ambigu ayant repris le *C.... de
Lyon*, il loua une loge de face et vit la
pièce dix fois, cherchant à extraire de
sa littérature un sens mystérieux et sym-
bolique. Pour s'éclairer à cet égard,
il alla voir M. Paulin Menier, qui l'é-
conduisit poliment. Enfin, il était au
moment de partir pour Lyon, sans autre
motif que de voir de près les diligences
de la ville et d'en tirer des déductions et
des conséquences.

L'état du lord m'alarma sérieusement;
je le fis renoncer à son voyage, en lui
promettant de ne plus le quitter. En
effet, quoique mes affaires dussent souf-
frir de notre intimité, je ne sais quelle

Que de voir de près les diligences...

compassion me retenait auprès de lui.

Je me refis son compagnon, évitant de heurter sa chimère, et lui faisant espérer que nous retrouverions un jour la malheureuse femme qui l'avait ensorcelé. Cette idée le ranimait. Il se plaisait à me conduire au quartier du Carrousel,  dans la ruelle où il avait fait sa fatale rencontre. Là, il me fallait entendre son éternelle histoire, redite de la même façon, avec les mêmes gestes, les mêmes effets et les mêmes mots.

A vrai dire, je n'avais pas l'espoir que je cherchais à lui inspirer. Depuis six

mois, nous avions mis les plus habiles
agents en campagne et n'étions arrivés
à rien. Le lord se désintéressait de la vie.
Je le conduisais au théâtre voir des pièces
propices aux apaisements nerveux. Un
soir que nous étions à l'Odéon, où l'on
jouait la *Lucrèce* de Ponsard, lord Algerton me saisit le bras avec une étrange
violence.

Il était à demi renversé dans son fauteuil, la face congestionnée, la respira-
tion sifflante, l'œil braqué sur les gale-
ries. Je crus d'abord à une attaque
d'apoplexie. Mais il me désigna une
grande femme plâtrée, assise au premier
rang, habillée d'une façon bizarre.

— C'est elle! dit-il.

Je compris tout.

— Je ne puis bouger, ajouta le lord,
allez bien vite. Je reste ici pour la surveil-

ler, elle ne partira pas, je la regarde!

Je sortis. Grâce à la complaisance in-
téressée d'une ouvreuse, je parvins à me
placer derrière la femme que le lord
m'avait signalée. Elle n'était pas seule.
Un grand gaillard, dont le gilet était
treillagé de chaînes d'or, se tenait assis
auprès d'elle dans une attitude respec-
tueuse. Il me fit l'effet d'un valet de
chambre de confiance, d'un majordome
important, d'un secrétaire intime. Chose
étrange ! il me semblait que la figure de
la dame ne m'était pas inconnue...

Où avais-je pu voir cette personne?
Comment la pauvresse d'Algerton s'é-
tait-elle transformée ainsi? L'inconnue
avait des allures chevalines et semblait
piaffer sur place. Malgré les artifices
d'une toilette dispendieuse, on ne pouvait lui donner moins de quarante ans.
Elle était prise par moment de ces fris-

sons involontaires, qui font dire que « la petite mort » passe dans le dos. On devinait en elle une nature nerveuse, ardente, agacée, profondément impressionnable.

Je n'avais aperçu sa figure que d'une manière très vague ; elle s'était légèrement retournée, quand je m'étais assis derrière elle. Elle me rappelait une ressemblance très confuse, très éloignée, presque sans objet.

Son compagnon, qui avait l'air d'un Brésilien de comédie, se faisait petit, pour ne pas la gêner.

— Allez me chercher des oranges, lui dit-elle, en voyant le rideau se baisser. Le monsieur s'inclina et sortit, empressé. La dame avait chaud. Elle souleva la toque empanachée qui retenait ses cheveux roux ; ceux-ci, mal attachés, se défirent, et tombèrent en cascades jusque sur mes genoux.

— Sylvie ! m'écriai-je.

Je ne pouvais m'y tromper. Une seule femme au monde possédait cette chevelure d'or, belle comme celle d'Aphrodite, et qui se déroulait jusqu'à ses talons...

Sylvie ! Il y avait vingt ans que je ne l'avais vue. Se pouvait-il qu'elle fût mêlée à l'histoire extravagante du lord ?

Je ne sais quelle lumière se fit en moi. Je compris subitement qu'il n'y avait que Sylvie qui pût être la femme que nous avions si longtemps cherchée.

Au cri que j'avais poussé, elle fit volte-face avec une hautaine lenteur. Son regard s'éveilla en me reconnaissant ; elle me salua d'un sourire :

— C'est vous, Jacques ? dit-elle ; vous allez m'aider à ramasser mes cheveux.

Sylvie, m'écriai-je !...

— De grand cœur, répondis-je ; comment êtes-vous ici ?

— Il faut bien qu'on soit quelque part, fit-elle ; le monde n'est pas si grand qu'on ne s'y puisse rencontrer. Vous avez su mon mariage et mon veuvage ?

— Oui, madame la duchesse.

— C'est ainsi qu'il faut m'appeler, et non pas Sylvie.

— C'était, comme autrefois, de bonne amitié.

— Au fait, c'est vrai. S'est-il passé quelque chose entre nous, Jacques ?

— Hélas ! non, madame ?

— Je suis contente de cet « hélas ! » qui est au moins aimable. Ah ! mon cher, je me suis bien ennuyée depuis vingt ans. Il y a tout autant que nous ne nous sommes vus.

6

— A peu près, madame.

— Comment me trouvez-vous ? Affreuse, n'est-ce pas ? Ah ! tout se paie.

— Votre mari n'a guère duré.

— C'est sa faute. Ce pauvre Passavanti ! Je l'avais prévenu. Il s'est brûlé à la flamme. Figurez-vous qu'il s'était avisé d'être jaloux à la fin. Mais je l'ai rendu absolument heureux.

— Il en est mort ?

— Oui, ça le regarde.

— Elle se mit à rire d'une façon

rauque. L'homme aux chaînes d'or rentra, apportant les oranges demandées,
et me lança un regard soupçonneux.

— C'est Terni, me dit Sylvie, M. le
duc de Terni, si vous le préférez, un si-
gisbée que m'a donné mon mari. C'est
un vieil usage d'Italie. Ne vous en occu-
pez pas.

J'échangeai avec l'étranger un salut
très froid.

On ne causa pas.

La duchesse m'imposa silence, ayant
envie d'écouter la pièce.

Cela mé permit de mettre un peu
d'ordre dans mes idées.

Ainsi, je revoyais Sylvie, cette femme
extraordinaire que j'avais rencontrée au
début de son existence dans la fougue
de ses vingt ans, blondissante, emportée,

amoureuse, perverse, étourdie et bon enfant.

Cette fille de famille, élevée au Sacré-Cœur, qu'elle avait ravagé pendant ses dernières années d'études, était entrée dans le monde pour y conquérir sa liberté de haute lutte, brisant ou séduisant tout ce qui s'opposait à ses volontés dans sa maison.

Sa pauvre vieille mère s'était assouplie et soumise à sa voix; Sylvie en faisait sa complice et la traînait à sa remorque, comme une mère d'actrice, dans les cabinets de la Maison d'Or et du Café Anglais.

Son oncle, un vrai militaire, avait essayé de mater ce caractère indomptable; Sylvie l'avait pris pour amant et s'applaudissait de ce coup de Jarnac.

Cette fille de famille...

6.

Rien ne prévalait contre son scep-
ticisme, son audace, son esprit, et les
séductions étran-
ges de sa per-
sonne.

Elle n'était
pourtant pas jolie,
et je crois qu'elle
n'avait pas besoin
de l'être.

Le hasard nous
avait rapprochés.

J'étais, à cette
époque, en proie
à une passion qui
ne me permettait
de voir qu'une

femme sur la terre. Sylvie me prit pour
une sorte de fou, en s'apercevant que je
ne songeais pas à lui faire la cour.

Trop orgueilleuse pour douter de sa
valeur, elle devint mon amie — par curiosité.

Je l'acceptai comme un camarade, —
plus beau et plus dangereux que les
autres. — Ah! c'est vous, Sylvie? disais-
je en la voyant entrer à toute heure du
jour.

Mais je ne songeais pas à la cajoler.

Elle s'asseyait sur un petit tabouret,
et déployait ses cheveux de princesse
enchantée, où j'aimais à plonger mes
mains.

D'autres fois, elle arrivait défaite, à
moitié habillée, pour me demander con-
seil sur un costume de bal ou sur un
maillot de soie, car elle se plaisait à se
travestir.

Elle s'asseyait sur mon lit, peut-être
pour savoir jusqu'à quel point un véri-

Un jour qu'elle se roulait...

table amour peut calmer l'imagination d'un homme.

Quand elle parvenait à me troubler, quelle joie et quels éclats de rire!...

Un jour qu'elle se roulait sur ma couverture, vêtue en pêcheur napolitain, je ne pus m'empêcher de m'écrier : — Sacré nom de D...!

Elle comprit, me coupa la parole et répondit :

— Quand vous voudrez.

Le lendemain, nous n'y pensions plus, l'un ni l'autre.

En vérité, j'aimais cette créature pour son originalité, sans que l'idée me vînt d'en être amoureux.

Elle cherchait quelque chose, comme Don Juan.

Sylvie se plaisait aux expériences qui font saigner les âmes; elle avait le don de la fascination. Son plaisir était de corrompre ses meilleures amies; elle avait, pour cela, des ressources infernales.

Il suffisait qu'on l'aimât pour subir son empire.

Ses amants les plus intelligents la proclamaient vertueuse, en dépit de toutes les apparences et de leur expérience. Je n'en ai pas connu qui ne songeât à l'épouser, et si elle avait bien voulu prendre la peine d'opérer sur moi, j'y aurais peut-être été pris comme les autres. Cela ne se rencontra pas; nous n'échangeâmes jamais que des poignées de main. Une de ses victimes avait voulu la tuer et l'avait à peu près assommée. Cela finit par s'arranger.

Je l'avais perdue de vue à l'époque de son mariage avec un grand seigneur qui

Un jour que Sylvie...

la fit millionnaire. Sa vie de jeune femme continua sa vie de jeune fille. Rien n'entravait l'essor de ses appétits, de ses caprices, de ses fantaisies. Elle avait dans les veines du sang de ce grand artiste nommé Néron, qui brûlait Rome pour se distraire, et souhaitait que le genre humain n'eût qu'une tête pour la faire tomber d'un coup. Un jour que Sylvie me surprit, baisant un chiffon qu'avait porté ma maîtresse, elle me dit :

— Les hommes sont bêtes. Si je pouvais les fondre en un seul, j'en débarrasserais les femmes. Ta maîtresse te trompe sûrement, — je ne la connais pas, mais c'est égal; si tu veux qu'elle t'aime, au lieu de baiser ses rubans, fais-lui baiser tes chaussettes.

— Vous, Sylvie, le feriez-vous?

— Bête, si je t'aimais!

Elle me fit peur en disant cela. D'ailleurs, on étouffait chez elle. Elle vivait dans une petite chambre close, pleine d'odeurs malsaines et de chaleurs fiévreuses... Puis la vie nous sépara... ·

C'était cette Sylvie que je retrouvais à quarante ans, fanée comme un vieux livre. J'avais entendu parler de quelques-unes de ses extravagances. Son mariage l'avait faite suzeraine d'une abbaye de Toscane, relevant de sa maison. A la mort de son mari, elle y avait pénétré, malgré la règle; c'était un couvent de Franciscains. Six mois après, le couvent était dépeuplé, et Sylvie voyait fuir les derniers moines qu'elle retenait sous le joug. Le monastère abandonné fut transformé en un refuge de femmes, avec l'agrément du cardinal Antonelli.

Il fallait connaître de longue date la

duchesse pour ne pas craindre de la retrouver sous les haillons de la mendiante qui avait accosté lord Algerton, au Carrousel. Ses violences se produisaient avec une soudaineté qui pouvait les faire passer pour des accès de folie. Elle ne reculait devant rien pour satisfaire un désir, s'inquiétant peu d'expérimenter sur elle-même ou sur les autres. Mesurant sa vie par l'émotion, elle cherchait, avant tout, à vivre avec intensité. Elle choisissait de préférence ses passions dans les natures naïves, enthousiastes, éprises de rêves et d'idéal. On ne réveillait pas à moins ses sens blasés.

Il était donc possible que le soir où lord Algerton l'avait rencontrée, elle fut dans une véritable détresse. Des esclaves révoltés l'avaient parfois fouaillée d'une façon cruelle, dans des crises de révolte amoureuse. Sylvie avait connu la volupté d'être battue, presque assassinée, et ne s'en était pas plainte.

Sans respect pour la tragédie de *Lucrèce*, dont on avait repris le fil, et qui continuait à dévider son honnête bobine, je me penchai vers l'oreille de la dame et la trouvai disposée à m'écouter. Je lui dis en quelques mots l'histoire de lord Algerton et la priai de nous recevoir le lendemain.

Elle m'écouta tranquillement, avalant ses oranges coupées en quatre, pulpe et écorce, comme le père Amador croquant des noix grollières. Quand j'eus terminé mon récit, elle me répondit :

— Venez me voir si cela vous amuse, mais ne m'amenez pas votre Anglais.

— Pourquoi donc, madame ?

— Parce que.

Elle me congédia par cette réponse au moment où la pièce finissait, et refusa le bras que je lui offrais.

Je l'accompagnai pourtant dans les couloirs, à temps pour empêcher lord Algerton de tomber à ses pieds. Je lui expliquai qu'il perdrait tout par une démarche irrégulière ; il se contint. Toutefois il voulut suivre la voiture de la duchesse, afin de s'assurer qu'elle m'avait donné sa véritable adresse.

Je n'en avais pas douté un instant. Le lord m'entraîna dans un café pour avoir des détails précis sur la conversation que j'avais eue avec la dame...

Je ne crus pas utile de lui faire connaître l'espèce d'ostracisme dont Sylvie l'avait frappé. Il apprit avec un peu d'étonnement que j'avais retrouvé en elle une ancienne amie, et qu'il lui fallait attendre la permission d'être présenté. La joie de cette rencontre lui fit accepter sans [murmure ces déceptions. Il manifestait [son ivresse par des exclamations qu'il jetait au travers de notre causerie. Deux ou trois fois je voulus le quitter; il me retint, ne pouvant se lasser de me parler de ses espérances. La métamorphose de sa pauvresse en grande dame lui paraissait la chose la plus simple du monde; ne vivions-nous pas depuis un an dans des milieux invraisemblables? Un coup de baguette de plus ou de moins ne tirait pas à conséquence.

Comme nous allions sortir, je vis s'avancer vers nous le bizarre personnage que la duchesse traînait à sa suite. Il nous salua avec une politesse obséquieuse et sollicita de notre complai-

sance un instant d'entretien. Nous l'é-
coutâmes; il s'exprimait en assez mauvais français.

Le duc de Terni nous expliqua que
Sylvie était étrangère à la démarche
qu'il faisait auprès de nous, démarche
qui lui était toute personnelle.

— La duchesse m'ayant fait l'honneur
de me présenter à vous, me dit-il, je
n'ai pas à vous apprendre que je remplis
auprès d'elle les fonctions de cavalier
servant; son mari me l'a confiée à son
lit de mort, et je tiens essentiellement
à mes privilèges.

— Cela est naturel, répondis-je, et je
déclare, en ce qui me concerne, n'avoir
aucunement l'intention d'aller sur vos
brisées.

— Certes! dit le lord, j'en puis dire
autant; il ne s'agit que d'un simple ren-

seignement que j'ai à demander à Mme la
duchesse.

— Ne puis-je vous le fournir? dit
l'Italien.

— Peut-être bien, et j'en serais charmé.
Pouvez-vous nous parler, monsieur le
duc, de « la Diligence de Lyon? »

Il me sembla que l'étranger devenait
blafard sous les poils épais qui lui cou-
vraient la face.

— Quel rapport, reprit-il en toussant
pour se calmer, peut-il y avoir entre
Mme la duchesse Passavanti et ce mot de
« Diligence de Lyon », que vous venez
de prononcer?

— Cela serait trop long à raconter,
dit le lord; — c'est, d'ailleurs, un secret
entre nous.

— A votre aise, fit le duc, mais vous

me ferez sans doute raison d'une discrétion qui m'offense.

— Une querelle ? fit Algerton ; si vous
croyez m'arrêter avec cela, vous vous
trompez singulièrement. Réglez l'affaire
avec mon ami, je vous prie.

— C'est, reprit l'Italien, qu'il n'est
point agréable de se battre avec moi. En
tant que prévôt d'armes, j'ai des coups
d'épée infaillibles, et mes balles arrivent
au point précis où je les adresse.

— Ces paroles, dis-je, constituent un
moyen d'intimidation qui n'est pas dans
nos mœurs.

— Vous m'excuserez, fit Terni ; je ne
connais pas bien les usages français. J'ai
cru loyal de vous expliquer que c'était
moi qui servais à Mme la duchesse, quand
elle voulait se débarrasser de quelqu'un...

Je restai muet... Ah ! Sylvie était devenue une jolie personne, et cela était nouveau, tout au moins.

— Est-ce donc la duchesse qui vous envoie ? dis-je en insistant.

— J'ai eu l'honneur de vous affirmer le contraire, répondit le duc ; je viens pour mon compte personnel et pour des motifs de moi seul connus.

— Je n'accepterai pas d'être témoin d'un duel, si j'en ignore la véritable cause.

— Vous me désobligeriez, fit Algerton ; la cause, la voici :

Et, prenant un verre qui contenait un reste de liquide, il le jeta au visage de l'Italien.

— *Bene*, fit celui-ci, en s'essuyant la figure.

— Allons, dis-je au lord, ce sera comme il vous plaira. Vous vous battrez,

Il le jeta au visage de l'Italien.

puisque vous y tenez. Laissez-moi arranger cela avec monsieur.

— Carte blanche, fit Algerton en s'en
allant.

*
* *

Rien n'est plus agaçant que d'être en-
grené dans une affaire au delà de ce
qu'on voulait lui accorder
de temps et d'attention. Il
n'est pas d'individu qui ne
répète alors le mot de Cy-
rano : — Que diable allais-
je faire dans cette galère ?...
Cependant, quand on est
dans la galère, il s'a-
git moins de récrimi-
ner que d'en sortir.

Le duc de Terni, assis en face de moi, attendait patiemment que je prisse la parole; — mille réflexions, qui se croisaient dans mon esprit, me faisaient hésiter à parler. Un duel ne m'avait jamais paru une bien grosse aventure, et, sans en faire une partie de plaisir, comme les raffinés, je m'en accommodais volontiers, aussi bien pour mon compte que pour celui de mes amis. Mais la querelle que nous cherchait cet Italien de mélodrame avait mauvaise mine et me chagrinait. Sans croire aux pressentiments, il me semblait qu'elle aurait de fâcheuses suites. Cet homme, qui recevait de sang-froid un verre d'eau par le nez, devait être bien sûr d'une revanche pour conserver autant d'insouciance.

Il fallait pourtant dire quelque chose.

— Ne pensez-vous pas, monsieur le

duc, fis-je après une légère inclination de tête, qu'il serait plus convenable que je m'entendisse avec un de vos amis sur les conditions d'une rencontre entre vous et lord Algerton ?

— Si vous l'exigez, répondit Terni, je me ferai représenter par des témoins; mais, entre nous, cela est parfaitement inutile. Des témoins ne pourraient agir que d'après les instructions que je leur donnerais. Ne vaut-il pas mieux régler cette affaire sans intermédiaires qui puissent l'embrouiller ? On confie ordinairement ces discussions à des tiers, pour éviter les chaleurs de sang de gens trop intéressés à leur propre cause. Je vous affirme que vous trouverez en moi une modération parfaite et l'esprit le plus conciliant.

— Je me garderai alors d'en appeler

à un autre qu'à vous-même, dis-je. Partons-nous de la provocation, sans cause suffisante, que vous avez adressée à lord Algerton, ou de la vivacité qu'il s'est permise à votre égard ?

— Nous partirons d'où vous voudrez, fit l'Italien.

— Est-ce à dire que vous accordez au lord le privilège de se dire offensé ?

— Parfaitement.

— Le choix des armes, de l'heure et du lieu du combat dépendent donc de nous ?

— Je suis ici pour prendre vos ordres là-dessus.

Tant de condescendance m'étonnait.

— Êtes-vous bien convaincu de la nécessité de cette rencontre ? ajoutai-je.

— Je vous en fais juge, fit Terni en se passant la main sur le nez.

— J'avoue que le lord a été prompt et a rendu un arrangement difficile. Il n'est point homme à faire des excuses, ni à témoigner des regrets. Mais ce duel est-il inspiré par de telles causes qu'il ne puisse avoir lieu avec certains tempéraments ? Le cas est-il mortel, à votre avis ?

— C'est un point inutile à discuter, dit le duc ; je me suis battu assez souvent et suis absolument maladroit à blesser les gens. Je les tue.

— A moins qu'ils ne vous tuent, répondis-je vivement.

— Cela ne m'est point encore arrivé, fit-il avec un sourire.

La tranquillité de cet homme m'irritait. Mais, fidèle à mon rôle de témoin, je dus me calmer et soutenir jusqu'au bout les intérêts de mon client.

— La franchise avec laquelle vous parlez, dis-je au duc, m'engage à faire appel à votre loyauté. Il est de mon devoir d'égaliser, autant que possible, les chances de succès entre vous et mon ami. Lord Algerton a l'éducation d'un gentilhomme et tient bien son épée, mais, ce que vous m'avez dit de votre adresse extraordinaire, chose que je ne relèverais pas si j'étais votre adversaire, me préoccupe comme témoin. Quelle arme me conseillez-vous de prendre pour tenir une balance à peu près égale entre vous deux ?

— Cette question m'honore, fit Terni

avec un salut; je voudrais pouvoir y répondre à votre gré. Mais je ne puis vous laisser une illusion mensongère; lord Algerton est dès à présent un homme mort. Il n'est point d'arme qui puisse me trahir. De la carabine américaine à la navaja espagnole, vous avez le choix entièrement libre et ce choix m'est indifférent. Quant à l'issue du duel, je ne puis vous donner un espoir qui serait certainement trompé.

— Cependant, fis-je sans vouloir relever l'outrecuidance de ces dernières paroles, il est des moyens héroïques de rendre un combat égal avec le spadassin le plus habile. Je suis assuré de la bravoure du lord, et puis prendre sur moi de vous proposer, par exemple, un duel au pistolet, dans lequel une seule arme sera chargée, et où le hasard seul décidera.

— Je vous plains, si vous n'avez que
cette ressource, dit Terny, et je m'ac-
corde d'avance à tout ce que vous pourrez
imaginer. Le lord, s'il le veut, peut me
proposer une partie de cartes ou de dés,
dont notre vie sera l'enjeu. Mais ce sera
la plus grande des maladresses. Vous
accusez les Italiens d'être superstitieux,
et vous ne vous trompez pas. Comptez
que le sort, ou ce que vous appelez le
hasard, se prononcera, dans tous les cas,
en ma faveur. Il ne saurait en être au-
trement.

— Alors dis-je ennuyé, car ce diable
d'homme ne me faisait plus rire, vous
vous abritez derrière quelque amulette?

— Qu'importe? fit-il, puisque vous
n'y croyez pas !

— Et vous êtes résolu à tuer lord
Algerton?

— Absolument; j'ai mes raisons pour cela.

— Raisons que vous ne voulez pas me faire connaître?

— Supposez que ce soit pour l'eau qu'il m'a jetée à la figure.

— Je crois, fis-je en me levant, que nous avons dit tout ce que nous avions à dire. Vous m'avez laissé maître de fixer les conditions du combat?

— J'y souscris d'avance.

— Eh bien! vous vous battrez après-demain matin, à l'épée, dans la forêt de Saint-Germain. Rendez-vous à Conflans, à huit heures.

— Oh! fit l'Italien désappointé, pourquoi après-demain?

— Parce qu'il faut laisser à lord Algerton le temps de faire son testament. Vous êtes si sûr de le tuer!

— Ces sortes d'affaires, dit-il, de-vraient se régler tout de suite.

— Est-ce que votre courage n'attend pas?

— Allons, soit! fit-il visi-blement contrarié. Il est en-tendu que nous nous en-gageons à la plus entière discrétion?

— Certes, répondis-je, vous avez à cet égard ma parole et celle de mon ami. Et, sur un salut cérémo-nieux, nous nous séparâmes.

Je n'avais pas choisi l'é-pée sans motif.

*
* *

Je passai chez le lord pour lui rendre compte de cette entrevue qui devait l'intéresser. Il dormait; je ne voulus pas le réveiller. Ce n'est que le lendemain

que je lui fis connaître mes conventions avec l'Italien. Il les approuva, et voulut m'accompagner jusqu'à la porte de la duchesse, à qui j'avais promis une visite.

Lord Algerton s'amusa à croiser devant sa porte en m'attendant.

Sylvie me reçut dans un boudoir tendu d'étoffes sombres et très peu éclairé. Cette pénombre était favorable à sa beauté un peu mûre. L'atmosphère du boudoir était saturée de parfums, suivant son habitude d'autrefois qu'elle me parut exagérer avec l'âge. Il en résultait une sorte d'asphyxie qui égarait et surexcitait le cerveau, Je lui fis des compliments sur sa démarche, son élégance et les formes gracieuses qu'elle avait conservées. Cela fait toujours plaisir aux femmes.

Comme ma rhétorique était fort sobre de gestes, elle me répondit que j'étais toujours charmant, mais que j'avais vieilli.

J'acceptai cette injure comme un

Dans un boudoir tendu d'étoffes sombres ..

homme qui la mérite et ne cherche pas à la discuter.

Je me réconfortais, d'ailleurs, par le souvenir de l'aimable Aglaé, de Berne, qui m'avait dit agréablement : — Eh bien! merci, pour un homme sérieux! Qu'est-ce que ce devait être à vingt ans?

L'esprit facile et hardi de la duchesse ne tarda pas à mettre notre conversation sur le pied de notre ancienne intimité. Nous rappelâmes nos vieux souvenirs ; elle rit beaucoup des tortures qu'elle m'infligeait en venant se rouler sur mon couvre-pieds, au temps de ma jeunesse. De fil en aiguille, de transition en transition, j'en arrivai à lui parler d'Algerton, de ses folies, et surtout d'une vivacité indigne dont le remords le bourrelait. Il suppliait la duchesse de permettre qu'il

8.

lui prouvât son repentir par toutes les soumissions, tous les sacrifices, et finalement j'en arrivai à parler de cette « Diligence de Lyon » dont je lui avais dit quelques mots la veille, et qui nous avait valu toute une histoire...

— Ah! fit lentement la duchesse, « la Diligence de Lyon?... » Attendez un peu; cette histoire du Carrousel me revient à la mémoire... Je me souviens que j'étais bien malade ce jour-là. Je crus que c'était fini. J'étranglais. Le lord arriva... J'ai pu lui parler de la chose que vous dites. A quoi servirait de mentir?...

La « Diligence de Lyon », c'est vrai! fit-elle. Et cela vous intéresse? Vous savez que j'ai toujours été une curieuse, une chercheuse; j'ai toujours eu la rage du fruit défendu. Le bon Jules (?) qui

Il te faut le crâne, ô Ugolin !

m'aimait saintement, me disait : Il te
faut le crâne, ô Ugolin!...

Je n'avais garde d'interrompre Sylvie
dont les yeux brillaient d'un éclat extrême
et semblaient suivre une vision dans
l'air.

— Oui, j'ai voulu avoir le dernier
mot de l'énigme, poursuivit-elle ; je suis
descendue dans l'antre de Trophonius ;
je sais des choses dont vous ne pouvez
vous faire aucune idée. La perversité
humaine a des mystères insondables. Ce
qu'il a fallu de sève, de nerfs et de
flammes pour atteindre à ce rêve, pour
réaliser cette utopie, je l'ai dépensé.
L'alchimie est une science évidemment
divine ; il faut, pour s'en convaincre,
avoir tenu dans sa main l'or vivant, au
sortir du septième bain, l'or qui se tord,
qui résiste, qui se révolte et qui proteste !

La chair se traite par le magnétisme, l'électricité et le galvanisme, comme le métal par la poudre de projection. Mais vous m'entendez à peine; j'ai cédé niaisement à un mouvement d'orgueil. Oubliez ce que je vous ai dit, je le veux, je vous en prie. Et ne me parlez plus surtout de votre lord Algerton qui m'assomme. Débarrassez-m'en, voulez-vous?

— Pas comme vous l'entendez, duchesse; le lord est un enfant, je dirai presque un fou, et vous seule pouvez lui rendre la raison...

Ce mot étrange, que vous avez lâché, et dont il a cherché l'explication à travers l'Europe, le hante jour et nuit; ce mot, c'est son cauchemar, sa fièvre, son délire, le point d'interrogation contre lequel il se heurte à chaque instant. Il en meurt. Ne vous offensez pas de ce

Dans l'antre de Trophonius...

plaidoyer; sa poursuite n'a rien qui vous
atteigne intimement. Il voudrait simplement *savoir les choses*. Sa fortune est encore
considérable; il la fondra au creuset de
votre fantaisie; il la donnera avec joie pour
apaiser le désir qui le dévore. Faites-lui
l'aumône; ayez pitié de lui; vous pouvez seule éteindre l'incendie que vous
avez allumé. Dites-lui, — je vous en
supplie, au nom de l'humanité! — ce
que c'est que la « Diligence de Lyon »,
et ce serait bien le diable s'il n'arrivait
pas à s'en fabriquer une!

— Mais c'est que c'est le diable!
fit la duchesse, en riant aux éclats...

Ah! vous n'êtes pas fort, mon ami,
et vous avez une façon d'entendre les
choses tout à fait touchante. Bon jeune
homme, malgré votre âge! Alors, vous
venez ici, comme cela, tout naturelle-

ment, me demander, pour votre ami, la Diligence de Lyon « et la manière de s'en servir. » Vous parlez de cette affaire comme d'un secret de petite fille; un de ces secrets qu'on se dit à l'oreille, quand la sous-maîtresse n'écoute pas. Vous êtes très amusant, savez-vous ? Ah ! le lord veut que je lui raconte « les choses ». Et quand il saura « les choses », il organisera sa petite « Diligence » avec une personne de bonne volonté! Vous ne sentez pas à quel point vous êtes ridicule ?

— Je commence à m'en douter, répondis-je.

— Savez-vous ce qu'il faut répondre au lord? C'est que c'est une simple plaisanterie que je lui ai faite, et qu'il n'existe de « Diligence de Lyon » que dans sa tête.

— Il ne le croira pas, répondis-je.
Quand vous en avez parlé, vous étiez
mourante.

— Qu'est-ce que cela fait? Il y a des
morts fort gais. Et puis, d'ailleurs...
Voulez-vous me regarder en face,
puisque nous parlons sérieusement? Que
dois-je à votre ami? Par quel travail,
par quel sacrifice a-t-il payé ce qu'il me
demande? Il est célèbre dans les rangs
de la bohême et de la galanterie. Sont-
ce des titres à faire valoir près de mo ?
Je crois, Dieu me pardonne, qu'il ne
m'a pas seulement été présenté. Parce
que, dans un soir d'oubli, d'aberration,
de souffrance, j'ai prononcé des paroles
en l'air, se croit-il le droit de me per-
sécuter et de troubler ma vie?

— Ah ! duchesse, vous êtes cruelle...

— Et lui ! Comment le nommerez-

vous? Ivre, — et cela devait lui ouvrir
l'âme, — il se heurte à une misérable
créature, pantelante, qui lui demande
quelques sous. En vérité, mon ami, je
mourais. Je ne vous dirai pas comment
cela m'est arrivé, mais je succombais à
l'une des plus dangereuses expériences
que j'aie faites...

Je rencontre votre lord Algerton, que
je connaissais vaguement. Je me crois
secourue, je m'attache à lui, comme à
une planche de salut, je le prie, je le supplie, je lui tends la main ; il me repousse.
Mes tortures étaient pourtant visibles ;
je chancelais, je me sentais mourir. Je
l'implore, je m'agenouille à ses pieds,
je me mets à sa merci pour une pièce
de vingt sous ! Il me repousse ! Cette
brute me regardait d'un œil hébété, d'un
œil d'ivrogne imbécile, écrasé par le

gin. Folle, éperdue, sous l'étreinte d'une angoisse mortelle, je laisse échapper, en désespérée, des mots qui n'ont que l'excuse de la folie. Il y a des instants ou l'on s'accroche à tout. Comment me répond-il? Par un coup de pied qui me renverse. Que veut-il de plus ?

— Duchesse, cette cruauté est le remords de mon malheureux ami; il voudrait l'expier de sa vie!

— Vous en parlez avec chaleur, fit-elle; ce repentir est tardif. Décidément, mon cher Jacques, vous vous êtes fait l'avocat d'une mauvaise cause. Je ne veux plus entendre parler de votre Anglais. Quelle rage vous prend de faire ses commissions? Encore, si vous veniez pour votre compte!

— Ah! Sylvie, voilà un mot que je n'oublierai pas. Comptez que je ne re-

cule devant rien pour obtenir vos bonnes
grâces. Ne suis-je pas de moitié dans
le steeple-chase du lord à la poursuite de
cette fameuse « diligence ? » Eh bien ! je
suis prêt à le trahir, s'il le faut. Où s'em-
barque-t-on pour ce voyage extraordinaire ?

— Vous méritez d'être poudré à blanc
comme les moutons de Mme Deshoulières,
dit la duchesse, et si j'avais un éventail,
je vous le casserais sur les doigts. Pensez-vous qu'il soit question de bergeries ?
Savez-vous ce que vous demandez ?
Êtes-vous sûr que ce secret dont vous
vous amusez ne soit pas fait avec mon
sang, avec mon âme ? Pensez-vous qu'il
s'agisse d'une épreuve de franc-maçon-
nerie où la lame du poignard rentre
dans le manche ? Croyez-vous n'être
pas inhumain et imprudent, en me sup-

Savez-vous ce que vous demandez?

pliant de la sorte; inhumain pour moi, imprudent pour vous? Je ne veux pas faire de drame, mais réfléchissez-y bien. Il est des liqueurs corrosives qui dé-vorent et brisent le vase qui les ren-ferme; il est des dons maudits qui usent, flétrissent et foudroient les cerveaux qui les recèlent... Il est des choses, croyez-moi, auxquelles il ne faut pas toucher.

En vérité, la duchesse semblait de bonne foi. J'ajoute que son emporte-ment l'avait illuminée et qu'elle en était devenue presque belle. Je ployai le genou et lui baisai la main.

— Quand la surface des choses est charmante, dis-je, c'est peut-être un tort que d'en vouloir sonder les profondeurs. Je suis indécis, je l'avoue, et, sur ma parole, je suivrai vos conseils à ce sujet.

9.

D'un geste familier, elle secoua autour
d'elle sa resplendissante chevelure.

J'en fus pres-
que inondé. Il
s'en échappait
un parfum doux
et puissant qui
donnait le ver-
tige.

Je ne me sen-
tis pas la force
de me dégager.

— Que pen-
sez-vous de ces
filets ? dit la
charmeuse. Croyez-moi, mon cher
Jacques, laissez-vous prendre à leurs
mailles et ne cherchez pas au delà. Vous
savez qu'il y a sept portes dans les châ-
teaux des contes de fées, — six qui con-

duisent à toutes les merveilles, à tous les éblouissements, et une septième porte mystérieuse et défendue, qu'on ouvre avec une clé d'or et qui mène à un charnier.

— Eh bien ! répondis-je à la sirène, je passerai par la porte que vous voudrez. ...

* *
*

Quand je me réveillai aux pieds de la duchesse, elle me donna sa pantoufle à baiser.

— Voilà pourtant, dit-elle, où entraînent les souvenirs de jeunesse. Que puis-je faire pour vous, maintenant?

— Vous pouvez, dis-je obstinément, me permettre de vous présenter lord Algerton.

— Encore?

— Toujours. C'est un malheureux que je veux sauver.

— Et que vous perdez peut-être. Quant à moi, cela m'est bien égal! Je m'ennuie, depuis quelques jours, d'une façon si singulière!...

— Grand merci, duchesse!

— L'heure présente est toujours exceptée, dit-elle en souriant. Eh bien! j'en parlerai à Terni.

Terni! Ce nom me fit souvenir de notre Italien. En vérité, l'air qu'on respirait dans le boudoir de Sylvie avait les propriétés de l'eau du Léthé.

Elle me donna sa pantoufle à baiser.

La présentation de lord Algerton était au moins douteuse. Je ne pus m'empêcher de demander à la duchesse :

— Qu'est-ce que le duc de Terni a à voir dans cette affaire? N'êtes-vous pas libre?

— Moi? fit-elle. Je n'ai pas seulement ma liberté, j'ai celle des autres, quand je veux. Prenez-y garde !

— Oh! vous ne me faites pas peur. Au contraire.

— Vraiment? dit-elle très doucement. Allons, Jacques, le sort en est jeté. Présentez-moi qui vous voudrez, mais ce n'est qu'avec vous que je ferai le voyage.

— Lequel?

— Vous le savez bien...

— Duchesse!... fis-je, à la fois heureux et troublé.

— Êtes-vous prêt à partir?

— A peu près. Me donnez-vous vingt-quatre heures?

— Vous reculez?

— Non, dis-je en riant. Mais on a toujours quelques intérêts à régler dans ce monde, quand on est près de passer dans l'autre.

— Vous en parlez bien légèrement, dit-elle.

— Bon! répondis-je, vous ne pouvez mener les gens qu'en paradis.

— Les pieds en avant! murmura Sylvie.

— J'en cours la chance.

J'avais pris congé, je sortais, elle me rappela :

— Jacques!

— Madame?

Les pieds en avant l' murmura Sylvie.

— Quels sont les intérêts que vous avez à régler?...

— Je ne puis vous le dire. Il s'agit d'un duel.

— Un duel sérieux?

— Très sérieux.

— Ah!

La duchesse devint rêveuse.

— A propos, fit-elle, tout à coup, comment vous êtes-vous lié avec ce lord Algerton? C'est une affreuse connaissance.

— Peut-être bien. Mais ne revenez pas sur votre promesse, et surtout, je vous en prie, n'en parlez à personne.

— Pourquoi?

— Parce que votre Italien m'agace.

— La belle raison! Vous en avez sûrement une autre.

— Mettons que je sois jaloux.

Sylvie partit d'un éclat de rire.

— Je sais à quoi m'en tenir sur votre jalousie, après votre plaidoyer en faveur de lord Algerton. Vous ne voulez rien dire? A votre aise. Je saurai ce que je veux savoir.

Je pris congé et rejoignis le lord, qui m'attendait fiévreusement. Il me saisit le bras comme j'arrivais dans la rue.

— Qu'avez-vous tant fait? dit-il.

— Oh! bien des choses! Mais une seule vous intéresse. La duchesse Passavanti consent à vous recevoir.

— Quand cela? fit Algerton en pâlissant.

— Demain, après votre duel.

Le lord chancela.

— Pourvu que je ne sois pas tué! murmura-t-il.

Son émotion me parut de mauvais augure. Algerton était poursuivi par la fatalité d'une manière si bizarre que je me demandai si l'épée de Terni n'allait pas renvoyer aux Calendes grecques l'accomplissement de ses vœux. Je le réconfortai de mon mieux et voulus le conduire dans une salle d'armes pour lui dérouiller la main ; il s'y

prêta difficilement. Je fis sa partie et le trouvai gauche et nerveux ; cela me contraria. Si j'avais choisi l'épée pour arme de combat, c'était afin d'intervenir au besoin dans la lutte. J'ai la main prompte, et je comptais relever l'épée de l'Italien,

si je lui voyais porter un coup dangereux. Je n'avais rien autre chose à faire
en présence de l'aplomb de Terni et
de son habileté présumée.

Je fis prendre au lord un bain de va-
peur pour le calmer ; nous dînâmes so-
brement et finîmes la soirée à l'Opéra.
Ce régime prudent nous donna de piètres
résultats ; nous passâmes une mauvaise
nuit à nous accompagner mutuellement
l'un chez l'autre, en parlant de mille
billevesées. A l'heure convenue, le lendemain matin, nous arrivions à Conflans,
où nous attendaient nos adversaires.

J'avais pris avec moi le vicomte Raoul,
gentil garçon sans conséquence, qui
servait de second témoin au lord. Terni
était accompagné de deux grands gaillards
de mine vulgaire, fagotés dans des redin-
gotes qu'ils avaient l'air de porter pour

la première fois. Après avoir échangé des saluts cérémonieux, nous nous enfonçâmes dans la forêt. Au bout de cinq minutes, le duc s'arrêta, toussa légèrement, et prit la parole :

— Il est inutile d'aller plus loin, dit-il, pour échanger des explications que je prétends donner loyalement à mon adversaire. Je me suis mêlé d'une affaire qui ne me regardait pas; j'ai eu tort, et je n'hésite pas à le reconnaître. Je retire ma provocation... qui demeure non avenue.

S'il était une chose à laquelle on s'attendît peu, c'était à ce recul inqualifiable. Le vicomte Raoul ricana dans ses moustaches, et lord Algerton s'écria :

— Retirez-vous aussi, monsieur, le verre d'eau que je vous ai jeté au visage?

L'Italien était blafard; il devint ver-
dâtre.

— Je le retire, murmura-t-il.

— Et vous m'en faites vos excuses?

— Si vous voulez.

— Cela n'est pas naturel, dis-je au
lord; la duchesse doit mener tout ceci.
Prenez garde de pousser cet homme à
bout.

— Vous avez raison, dit l'Anglais.

Je vis passer sur son visage les rou-
geurs et les contractions qui m'avaient
effrayé déjà, quand nous avions craint
pour sa raison. Il regardait son adversaire avec une sorte d'épouvante. La
figure de l'Italien ne laissait rien voir de
ce qu'il avait dans l'âme. Lord Algerton
se crut en face d'un piège, d'une ma-
chination. Il supposa que cet homme,
qui faisait si facilement litière de sa co-

lère et de son honneur, avait quelque revanche toute prête; il le vit fuir avec Sylvie, emportant ses espérances. Son idée fixe se leva devant lui, comme un spectre, et, à notre indicible stupéfaction; il tendit la main à Terni.

— Monsieur, dit-il d'un ton conciliant...

D'un geste, le duc lui coupa la parole.

— J'ai l'honneur de vous saluer, milord.

Il s'éloigna, après un salut profond, qu'imitèrent de leur mieux ses bizarres témoins.

Nous le regardâmes partir, stupéfaits de l'aventure.

— Je n'aurais pas cru cela de ce sombre visage, dit le petit vicomte. Nous

aurions dû dresser procès-verbal de cette
affaire.

— Non, répondis-je, c'est une sotte
querelle, sur laquelle il vaut mieux garder
le silence. Vous me voyez désolé de
vous avoir fourré dans un pareil guêpier.
Exigez-vous que je vous en rende raison?

— J'aimerais mieux, répondit le jeune
homme, savoir ce que tout cela signifie.

— C'est une confidence que je pour-
rai vous faire plus tard. Pour le moment, veuillez m'excuser.

Nous rentrâmes à Paris, livrés à des
pensées diverses. Je ne doutais pas qu'à
la suite de ma visite, Sylvie n'eut deviné
le drame qui se passait entre nous.

Très perspicace, elle avait dû sou-
mettre le duc à une question contre laquelle il s'était débattu vainement.

J'ai l'honneur de vous saluer, milord...

Quelle était donc l'influence exercée
par la duchesse Passavanti sur cet homme,
pour qu'elle le pétrit ainsi?

Comment, brisant la rage et la colère

de Terni — dont j'avais éprouvé la violence — l'avait-elle réduit à la dernière

10.

des humiliations ? Par quel pacte mystérieux tenait-elle cette âme ? Quel était
le secret de cette soumission qui touchait
à l'avilissement ? Quel était, enfin, le
mot de l'énigme, sinon : la « Diligence
de Lyon » ?

*
* *

Vers les deux heures, lord Algerton
entrait sur mes pas à l'hôtel Passavanti,
où nous étions attendus, car je m'étais
assuré de l'agrément de la duchesse.
Mon compagnon était profondément
ému et respirait avec une extrême dif-
ficulté.

On nous introduisit dans des appartements que je ne connaissais pas, mais
où je retrouvai l'étrangeté de ce parfum

On nous introduisit dans des appartements...

qui m'avait si fort enivré dans les cheveux de Sylvie. Il y avait un tel attrait dans ces dangereuses émanations qu'on les aspirait à pleine poitrine, tout en se rendant compte des langueurs qu'elles apportaient. Le lord subissait, comme moi, cette influence funeste sous laquelle les nerfs se tendaient et vibraient comme les cordes d'une lyre.

Et l'ivresse où, pour ma part, j'étais plongé, était faite de telles voluptés que je demandais à monter, à monter encore, à monter toujours dans les plus hautes régions de l'idéal où je planais. je n'avais qu'une crainte, celle de voir brusquement cesser l'enchantement.

Un fait me rappela un instant au monde réel. Nous étions entrés à l'hôtel Passavanti sur le coup de deux heures; après un quart d'heure d'attente présumée à l'estime de mon imagination, je vis qu'il était plus de quatre heures à la pendule qui se trouvait en face de moi. Je consultai ma montre avec étonnement; elle marquait également quatre heures; je la replongeai dans mon gousset. Puis, et comme pour me rendre compte de ce qui se passait, je me mis à suivre de l'œil le mouvement de la pendule; je vis alors l'aiguille qui marquait les minutes courir et s'avancer visiblement.

Une idée me surprit, une idée noire et désespérante, c'est que cette aiguille marchait à perdre haleine, pour aider Sylvie à quelque acte infernal. Des envies folles me prirent de me jeter sur cette machine indomptée, et de lui faire rebrousser chemin à coups de pied dans le cadran; mais je songeai aussitôt que le Temps est un spectre que rien ne peut arrêter

ni atteindre, et que si j'attaquais l'aiguille,
il pourrait fort bien surgir et me fendre
le crâne avec la faulx qu'il brandit à la
main.

Rien ne me parut plus horrible que
d'être frappé par le croissant bleu mal
aiguisé, que ce vieux bonhomme tenait
sur l'épaule; cela m'inspira une telle
peur que je me recroquevillai dans mon
fauteuil. Quant à lord Algerton, il rê-
vait profondément.

Enfin, Sylvie parut. Elle me parût plus
grande qu'à l'ordinaire. Mais dans l'état
de surexcitation où j'étais plongé, cette
aberration de la vue n'avait pas d'importance. La duchesse nous reçut en maîtresse de maison, s'informa des nouvelles
du jour, parla littérature, musique,
théâtres, comme une femme qui veut
être aimable, payer une visite comptant

et en finir au plus vite. Soudain, elle se

tut, laissant tomber net la conversation,

comme pour nous dire d'une manière
polie, mais précise :

— En voilà assez; allez-vous-en.

Je me levai, tout étourdi que j'étais,
tant il me parût impossible de résister à
l'injonction muette de la magicienne.
Lord Algerton, lui, ne quitta pas son
fauteuil. Il était horriblement calme. Je
vis distinctement son front, ses traits,
sa personne tout entière envahis par
l'Idée Fixe qui avait pris possession de
lui.

— Madame, fit-il en étendant le bras
vers la duchesse, je ne suis pas venu ici
pour cela...

— Milord, dis-je...

Il ne m'écouta pas, il ne m'entendit
pas, et sur un geste interrogateur et
hautain de Sylvie, il ajouta :

11

— Je suis venu pour la Diligence de Lyon.

Alors, une inquiétude me prit, et, soumis à l'action de l'atmosphère capiteuse qui décuplait l'intensité de nos sensations, ma crainte alla jusqu'à la terreur. Je tremblai de voir le lord s'irriter et en arriver à quelque violence, s'il se heurtait à une nouvelle déception. La folie se lisait dans ses yeux, dans son allure, dans l'accent de sa voix...

Je me tournai vers Sylvie ; sa fière sérénité me rassura. Elle observait froidement les lueurs hagardes qui brillaient dans les yeux de l'Anglais, et elle lui répondit :

— Je vois, milord, que vous n'avez pas oublié notre première rencontre. Il y a bien longtemps de cela, pourtant, et les choses sont bien changées. Mais je veux être bonne pour vous et je vous pardonne.

Algerton se jeta à ses pieds et couvrit sa robe de baisers ; mais, presque aussitôt, il se rassit d'un air soupçonneux, comme s'il eut redouté un piège. Son attitude faisait à la fois peur et pitié.

La duchesse le calma d'un geste. Il est évident que cette scène l'amusait ; elle jouait avec le malheureux comme une dompteuse avec une bête féroce.

— Peut-être eut-il été convenable, dit-elle, de me faire la cour quelques mois, quelques semaines, quelques jours, milord, avant de me demander mes secrets. Mais les circonstances de notre ancienne entrevue nous permettent de passer sur certains détails. Donc, soyons pratiques. En premier lieu, la Diligence de Lyon coûte fort cher.

— Je l'ai bien pensé, dit Algerton en

tirant de son portefeuille un papier qu'il

tendit à la duchesse.

— Oh! fit celle-ci en parcourant la feuille, une donation de tous vos biens? un testament? La chose est en règle : je m'y connais. Je ne vous croyais pas aussi riche. Mais je suis riche moi-même et c'est une question sans importance entre nous. Ensuite, il y a une question de temps.

Non, dit le lord, il n'y a pas de question de temps. Ou vous m'ôterez cette obsession fatale, ou nous périrons tous les deux.

— Comment! fit-elle, aujourd'hui.

— Aujourd'hui même, je vous en donne ma parole. Ou si vous m'en empêchez par quelque trahison, ce sera demain.

— Je parie, dit Sylvie, que vous êtes armé?

— Oui, répondit le lord.

Je m'avançais pour intervenir, quand la duchesse m'arrêta.

Je m'inclinai. Jamais encore je ne m'étais aperçu du charme vertigineux de cette singulière créature. Comment, jusqu'alors, ne l'avais-je pas comprise? Je sentais qu'en secouant ses cheveux, elle inonderait l'appartement de clartés. Son corps tout entier avait des lignes, des inflexions, des contours exquis. Elle était belle comme une Velléda. Elle vit mon éblouissement et, souriant d'un étrange sourire, elle se prit à me regarder dans les yeux. Il me sembla qu'elle entrait dans mon cœur par des portes ouvertes et qu'elle y poursuivait un voyage.

— Sylvie! balbutiai-je, éperdu.

— Jacques, dit-elle doucement, vous n'avez rien à faire ici. Milord a bien parlé; en essayant de me faire peur il m'a touchée. Peut-être est-il fou, mais cela me regarde. Milord, vous pouvez déposer votre revolver sur la cheminée. Il vous devient inutile; je vous garde librement... A bientôt, Jacques.

— Madame...

— N'ayez donc pas cet air effaré. Je ne dévore pas les gens. Vous en savez quelque chose. Ne vous heurtez pas contre les fauteuils. Mon Dieu! que vous êtes maladroit aujourd'hui! Bonsoir, mon ami, adieu...

Je sortis — matagrobolisé — pour me servir d'une expression de Rabelais qui rend assez bien la triste confusion de mes idées. Je me sentais

horriblement jaloux d'Algerton ; mon
sang bouillonnait dans mes veines, mon
cœur sonnait à grands coups dans ma
poitrine et j'avais des éblouissements.
Pour me distraire, j'entrai dans un théâtre des boulevards, où l'on donnait une
première. La pièce était gaie, le public
de bonne humeur ; — je m'ennuyais
consciencieusement quand j'aperçus,
dans une loge d'avant-scène, au milieu
d'une jeunesse dorée (c'était le mot du
temps), Léonore, que j'avais perdue de
vue depuis quelques mois. Elle bavar-
dait comme une pie. A l'orchestre se
dessinait un profil régulier que je ne pus
méconnaître, celui de Terni.

Il me parut sinistre et préoccupé, chose
assez naturelle après son aventure.

Ces rencontres ne sont pas rares,
quand « tout Paris » est censé réuni sur

un point. Selon la coutume, la pièce
finit fort tard, vers une heure du matin.
Je cherchai des yeux Léonore, qui m'a-
vait vu, pour lui envoyer un sourire
d'adieu. Elle me fit signe de la rejoindre.

J'obéis. Léonore, dans un éclat de
beauté plénière, n'avait jamais été plus
désirable. Aussi l'avait-on excédée de fa-
deurs et de déclarations...

— Donnez-moi votre bras, me dit-
elle. Je m'ennuie et ne veux pas rentrer
chez moi; lord Algerton m'y doit attendre; ce serait pour en mourir. Allons
n'importe où.

— Souper?

— Non, courir.

— Mais je vais vous compromettre.

— Bête! et moi donc, vous!

— Quelle idée!

Elle renvoya sa voiture, et fortement

emmitouflée, car elle était très peu vêtue,
la voilà qui s'accroche à mon bras, et

nous filons sur les boulevards, laissant
déconfits ses amoureux de la soirée.

— M'ont-ils assez embêtée! dit-elle.
Fais-moi la cour, Jacques.

Je lui fis la cour. C'était sa manie. Je
l'avais conquise ainsi, en ajoutant pour
appoint un griffon écossais dont elle
avait envie. Elle aimait les « riens », et
donnait quelque chose en échange. Quelquefois, quand j'allais la voir, elle s'ac-
crochait un brin d'oranger dans les cheveux, rien que pour me faire parler.

— Tu as tant d'illusions! disait-elle.

Comment cela nous arriva-t-il, je
l'ignore? il y a des instincts qu'on n'ex-
plique pas, mais, au bout d'une heure,
nous passions sous les hautes fenêtres de
l'hôtel Passavanti.

Tout était sombre, désert, silencieux
autour de nous. Je me sentais en proie à
un malaise indicible. Il faisait étrange. On
n'entendait et l'on ne voyait rien, mais

on devinait autour de soi des choses mystérieuses et terribles. Il planait sur cette maison muette quelque chose de sinistre.

Léonore, nature primitive, ne se trompa point à ses pressentiments.

— Je n'aime pas cette grande maison, dit-elle en se serrant peureusement contre moi.

Toutes mes émotions de la journée me revinrent à l'esprit. Jamais pareille sensation d'angoisse ne m'avait étreint le cœur. Que pouvait-il se passer derrière ces persiennes closes.

Un pas résonna; une ombre passa devant nous et sonna violemment à la porte de l'hôtel. C'était le duc de Terni. Rien ne répondit; il persista vainement dans ses appels. Il revint vers nous, chancelant de colère; je crus qu'il allait nous prendre à partie... Au même instant,

... Quelques fenêtres s'ouvrirent brusquement.

une clameur intense sortit de l'hôtel, dont quelques fenêtres s'ouvrirent brusquement.

De grandes clartés inondèrent la rue, pendant que des effluves de cette odeur balsamique dont j'ai déjà parlé, arrivaient jusqu'à nous. La porte s'ouvrit.

— Les malheureux! s'écria Terni en se précipitant comme un fou dans l'hôtel.

Nous le suivîmes. Toute une valetaille ahurie, surprise dans son premier sommeil, courait çà et là, en poussant des cris d'épouvante.

Le voisinage se réveillait; on criait au meurtre, à l'incendie; la maison était sous l'empire d'une terreur panique...

Nous marchions sur les pas de l'Italien qui montait l'escalier en homme qui connait les êtres. Il jetait des cris sourds et désespérés.

— C'est ici, dit-il enfin.

Dans une salle capitonnée, machinée comme un théâtre ou comme un cabinet de chimiste, et meublée d'objets étranges, sur des coussins en désordre, — pâles, immobiles et comme frappés de la foudre — nous aperçûmes, étendus sans connaissance, lord Algerton et la duchesse Sylvie...

— Sang du Christ! s'écria Terni en prenant le lord à la gorge...

Mais un cri d'horreur jaillit de sa poitrine. Il bondit en arrière, comme s'il eut touché une bête venimeuse...

— Ciel! dit-il, il est déjà froid!

Je ne pouvais croire à un pareil malheur. Léonore regardait avec épouvante ces têtes livides, dont les yeux, grands ouverts, brillaient encore d'un sentiment d'orgueil suprême et d'audace

Nous aperçûmes, étendus sans connaissance ..

impie. L'air était chargé d'électricité.

Un médecin parut; on lui fit place; il secoua la tête.

— Morts, dit-il.

— Savez-vous au moins le secret de ce drame épouvantable ? dis-je à Terni.

— Peut-être, répondit-il, mais il n'ira pas loin. Je vais me brûler la cervelle.

J'essayai de le retenir, car le son de sa voix ne permettait pas de douter de sa résolution. Mes efforts furent vains. D'ailleurs, Léonore, éperdue, s'attachait à moi; la peur l'avait prise; elle me défendit de la quitter. Nous rentrâmes.

Il nous fût impossible de dormir. Je dus lui raconter l'histoire de la folie d'Algerton, dont nous venions de voir le déplorable dénouement.

— Mais, en fin de compte, reprit-elle, qu'est-ce que la Diligence de Lyon?

Comme il faut toujours répondre aux femmes, je lui dis, en hésitant un peu :
— C'est une façon de s'aimer.

Léonore frissonna. Les têtes lugubres d'Algerton et de Sylvie passèrent devant ses yeux. Elle me répondit en se pelotonnant dans mes bras.

— Quelle fichue manière de faire l'amour !... Vrai ! j'aime mieux la mienne.

Achevé d'imprimer

le quinze mars mill huit cent quatre-vingt-dix

PAR CH. UNSINGER

83, rue du Bac,

POUR

E. DENTU, ÉDITEUR,

3, Place de Valois (Palais - Royal)

A PARIS